U0943485

空军飞行员

PILOTE DE GUERRE

[法] 圣-埃克苏佩里◎著

宋家莎　谢欣怡◎译

青岛出版社
QINGDAO PUBLISHING HOUS

图书在版编目（CIP）数据

空军飞行员 /（法）圣 - 埃克苏佩里著；宋家莎，谢欣怡译 . -- 青岛：青岛出版社，2019.3
ISBN 978-7-5552-8055-2

Ⅰ . ①空… Ⅱ . ①圣… ②宋…③谢… Ⅲ . ①长篇小说—法国—现代 Ⅳ . ① I565.45

中国版本图书馆 CIP 数据核字（2019）第 037757 号

书　　名　空军飞行员
著　　者　[法] 圣 - 埃克苏佩里
译　　者　宋家莎　谢欣怡
出版发行　青岛出版社
社　　址　青岛市海尔路 182 号（266061）
本社网址　http://www.qdpub.com
责任编辑　田　磊　李园方
印　　刷　山东临沂新华印刷物流集团有限责任公司
出版日期　2019 年 3 月第 1 版　2019 年 3 月第 1 次印刷
开　　本　32 开（890mm × 1240mm）
印　　张　8
字　　数　100 千
印　　数　1-10000
书　　号　ISBN 978-7-5552-8055-2
定　　价　32.00 元

编校印装质量、盗版监督服务电话：4006532017　0532-68068638

献给指挥官阿里亚和大侦察队空军33团的全体同仁——特别是观测员莫罗上尉、阿赞布尔中尉和都泰尔特中尉。在1939—1940年的战争期间，我的每一次飞行任务都有他们陪伴，他们是我这一生的挚友。

目录

CONTENTS

第一章

我肯定是做梦了。梦里我十五岁，还是一名中学生，正耐心地做着几何题，手肘撑在黑色课桌上，规矩地摆弄着圆规、直尺和量角器。我勤奋好学，乖巧安静。几位同学在我身旁小声地交头接耳，其中一位同学在黑板上写下一串数字，还有几个上课不怎么认真的同学在玩桥牌。我在梦境里越陷越深，朝窗外望去，树枝在阳光下轻轻摆动，我凝视了很久，渐渐分心了……我享受着阳光，感受着少年时代的讲桌、粉笔和黑板的气息。这无忧无虑的快乐时光啊，我真想永远停留在这一刻！我知道，人生首先是童年，然后参加考试，拿到文凭。忐忑不安地迈出这一步后便长大成人了。那时会迈着愈发沉重的步伐，踏上人生旅途——不过是迈出人生最初的几步。总有一天，我们会拿起武器，面对真正的敌人。直尺、三角尺和圆规是用来建造世界或是打败敌人。再见了，游戏！

我知道，初中生一般不害怕面对人生，他们跃跃欲试。成人世界的折磨、危险和苦涩都吓不倒他们。

但我是一个奇怪的初中生。我很清楚什么是幸福，因此不急于面对人生。

我叫住了从我身边走过的都泰尔特。“你坐到那儿，我用扑克给你变一个魔术……”

我抽到了他的黑桃A，心中雀跃不已。

都泰尔特坐在我对面的黑色桌子上，双脚在空中晃荡。他笑了笑，我也谦虚地笑了笑。佩尼格走到我们身边，一只手搭在我肩上。

“怎么样，小伙子？”

我的老天，这称呼真亲切！

一位学监打开了门，召唤两名同学。他们二人放下直尺和圆规，站起身走了出去。我们目送他们离去，对他们而言，中学生涯已经结束。好在他们学到的科学知识将派上用场。没有感人的告别场景，那两名同学甚至都没有看我们一眼。人生中的机缘巧合会把他们“带”到遥远的地方，说不定比中国还要远！中学以后，大家为了生活四处漂泊，他们能保证后会有期吗？我们这些仍然生活在和平温室里的人都低下了头……

“听着，都泰尔特，今晚……”

可是同一扇门又被打开了，我仿佛听到了判决书：

“德·圣·埃克苏佩里上尉，都泰尔特中尉，指挥官有请。”

中学时代的回忆顿时烟消云散。此时才是人生的开始。

“你早就知道该轮到我们了吧？”

“佩尼格今天早上飞过了。”

既然长官召我们去，肯定是派我们执行任务的。现在是五月底，我军正在全面撤退，一败涂地。机组人员不断牺牲，就像一杯杯用来扑灭森林大火的水。当一切都在分崩离析，权衡风险还有什么意义呢？我们大侦察团还有五十个机组，整个法国最后的五十个机组，每个机组有三名成员。我们第三十三团第二大队有二十三个机组，但仅仅三周，二十三个机组就损失了十七个。我们像蜡一般快速地融化。昨天我对加瓦依中尉说：

“战争结束见分晓。”

加瓦依中尉回答说：

“我的上尉，您不会奢望能在战争中活下来吧？”

加瓦依不是在开玩笑。我们心里都很清楚。即便努力了也是徒劳，但除了奔赴火场，我们别无选择。我们是法国仅剩的五十个机组。我们肩上承担的是整个法国军队的战略任务！大片森林在燃烧，却只有几杯水灭火，这无疑是飞蛾扑火。

他说的一点儿没错。谁会去埋怨呢？在军营里，除了“好的长官”“是的长官”“谢谢长官”“听到了长官”，我们还能有其他的答复吗？但在战争后期，所有人心中都萦绕着一种荒唐的感觉。我们身边的一切都在崩塌陷落，如此彻底，以至于死亡本身都显得万分荒唐。在这片混乱中，死亡就跟闹着玩儿似的……

我们走进阿里亚指挥官的办公室。今天他仍然在突尼斯指挥第三十三团第二大队。

“早上好，圣埃克苏佩里。早上好，都泰尔特请坐。”

我们坐了下来。指挥官在桌上铺开一幅地图，对传令兵说：

“给我把气象图找来。”

他用铅笔敲着桌子，我在一旁观察着他。他满脸疲惫，应该是一夜没睡。他连续坐车来往于幽灵智囊团、分参谋部、副参谋部之间……他与没有送来备用物资的军需库理论，被乱成一团的交通拥堵困住，他不断带领我们搬迁、驻扎，因为我们就像被猎人紧紧追赶的小鹿，惊慌失措，四处逃窜。每一次，阿里亚都成功地拯救了飞机、卡车和十吨重的物资。但我们都觉得他已经是筋疲力尽、心力交瘁了。

“嗯，是这样的……”

他不停地敲着桌子，没有看我们。

“非常麻烦……”

接着他耸了耸肩。

“这项任务非常麻烦。但是参谋部坚持这样做，非常坚持……我跟他们吵过，但他们执意这样做……事情就是这样。”

都泰尔特和我望着窗外宁静的天空。我听到母鸡叽叽咕咕的叫声，指挥部现在设在一座农场里，就像情报处搬进一所学校一样。我不会将夏天、成熟的水果、茁壮的小鸡和饱满的麦穗与近在眼前的死亡对立起来。我不知道如何用夏天的宁静否定死亡，也不知道为什么此刻万物的温柔会显得那么讽刺。但我脑子里有一个模糊的想法：“这个夏天不太对劲，是一个出了故障的夏天……”目之所及，是被遗弃的打谷机和割捆机，路边的沟渠里堆放着被遗弃的抛锚汽车。空无一人的村庄里，无人使用的泉水兀自流淌着，那个人们曾经精心呵护的水井，如今成了无人看管的水塘。突然，我脑海中出现一幅荒谬的景象。一堆各种各样坏掉的钟：乡村教堂的钟、车站的钟、空房子里的大摆钟。在废弃的钟表铺子里，堆着许多钟表残骸，而钟表匠不知所踪。都是因为战争……人们不再给钟表上发条，不再收割地里的甜菜，也不再修理坏掉的车辆。井水是用来解渴的，是用于洗净乡村姑娘们礼拜天佩戴的花饰，如今在教堂前成了一潭死水。人们竟然在夏天死去……

我好像生病了。医生刚刚对我说：“这病非常麻烦……”此刻该想到公证员，想到活着的人了。其实我和都泰尔特都心知肚明，这次是去执行敢死任务。

“鉴于目前的形势，”指挥官接着说道，“我们不能太计较风险……”

当然了。我们不能“太过计较”。谁都没有错。不能怪我们心有戚戚，也不能怪指挥官表现为难，更不能怪参谋部下的命令。这些命令十分荒唐，引起指挥官内心不快，这一点我们知道，参谋部自己也清楚。但他们这么做也是别无选择，他们必须下命令。在战争期间，参谋部就是负责发号施令的，他们把指令传达给英勇的骑士，或者更现代一点——交给摩托车手。在嘈杂与绝望丛生的地方，每一个勇敢的骑士都从身下燃烧的战马身上一跃而起。参谋部指明未来，就像占星师一样。参谋部带来的是真理，它的指令可以重建世界。

这就是战争的样子，这就是彩色的战争图像。每个人都拼尽全力，虔诚地遵守着战争的法则，让战争接近战争该有的样子。说不定这么做会让这场战争真的像一场战争。

为了让战争像场战争，他们漫无目的地牺牲机组。没有人愿意承认这场战争什么也不像，一切都没有意义，没有一幅战争的图像与之相符，我们用力拉扯的细线已经和木偶分离了。参谋部信心满满地下达无法传达到的命令，要求我们提供不可能收集到的情报。机组人员也无力承担向参谋部解释的重任。飞机可以通过空中观察提出假想，但现在连假想也做不到。事实上，上级只是在敦促这五十个机组给这场战争撑个场面。他们找上我们，就像找到了一帮用纸牌算命的占卜师。我看着我的观测员兼“纸牌占卜师”都泰尔特，他昨天还反驳一位上校说：“飞机距离地面十米，时速五百三十千米，我怎么给您确定敌军的位置？”“但您总能看到敌军是从哪里向您开火的吧！如果下面有人向您开炮，那就是德军的地盘。”

“真是笑死我了。”都泰尔特最后说道。

因为法国士兵从来没见过法国飞机。敦刻尔克到阿尔萨斯之间，分布着一千架法国飞机，但不过是沧海一粟。所以如果在前线看到飞机呼啸而过，那一定是德军的飞机，士兵们务必要在它投下炸弹之前将其击落。紧随飞机轰鸣声之后的是机枪和高射炮的猛烈开火。

“用这种办法，”都泰尔特补充道，“他们的情报可就珍贵了！”

在战争中，确实应该重视情报！

没错，但战争现在是支离破碎的。

幸好我们知道，我们的情报并不受重视。我们无法传送情报，因为道路会拥堵，电话不通，参谋部可能已经紧急迁址。关于敌人位置的重要情报，竟是由敌人提供的。几天前，我们在拉昂附近讨论过可行的战线部署方案。我们派了一名中尉找将军。在从基地到将军所在地的半路上，中尉乘坐的汽车撞到了横在路中央的一辆压路机，压路机的后面藏着两辆装甲车。中尉想掉头，但一连串的子弹要了他的命，司机也受伤了。装甲车是德军的。

说到底，参谋部就像是一名桥牌玩家，隔壁房间的人问他：

“我这张黑桃 Q 怎么打？”

这位被隔离的人只能耸耸肩。看不到别人的牌，他能怎么回答呢？

但是参谋部没有耸肩的权力。只要它还掌握着一些人力、物力，战争还在继续，它就必须动用这些力量，尝试一切机会。虽然是盲目的，但参谋部必须行动起来，指挥手下。

但随便给黑桃 Q 分配一个任务是困难的。我们已经发现——起初我们还会惊讶，后来就习以为常了——当一切开始分崩离析的时候，我们往往无能为力。人们以为战败者会被问题的洪流所吞没。其实为了解决这些问题，他们使出了十八般武艺：步兵、炮兵、坦克、飞机……但失败首先会掩盖问题，战败者不知道该如何将游戏进行下去，更不用说该如何使用飞机、坦克……

他们绞尽脑汁地给黑桃Q找了一个有用的角色，然后随手往桌上一摊。这只会让周围的人感到窘迫，而不是兴奋。只有胜利才会激励人。胜利能够团结力量。胜利会让每个人拼尽全力完成任务。失败则将人笼罩在一种颠三倒四、烦恼不已，徒劳无获的氛围中。

上级给我们下达的任务是徒劳无益的，因此每一天都变得更加没有意义、更加血腥、更加不知所谓。那些发号施令的人，为了拦住山体滑坡，只能将最后的王牌扔到桌面上。

我和都泰尔特就是王牌，我们只能听从指挥官的命令。他向我们下达明天下午的任务，我们需在七百米的上空飞跃阿拉斯地区的坦克基地，然后长途飞行一万米回来。他说话的语气好像只是在说：

“你们沿着右边第二条街道走，一直走到第一个广场的拐角处。那里有家烟铺，给我买些火柴回来……”

“是，长官。”

这个任务既谈不上有用，也算不上没用。命令的话语谈不上充满激情，但也不是冷若冰霜。

这是一次敢死任务，此时我想到了很多事情。等到晚上我再仔细思考——要是我还活着的话。但是活着……如果是个简单的任务，去三个人可以回来一个；但面对“麻烦”的任务时，显然活着回来就更难了。而在指挥官的办公室里，在我看来，死亡既不庄严也不崇高，没有英雄色彩，也没有多么痛苦。死亡只是混乱的一个迹象、一个混乱的结果。队伍要失去我们，就如同慌忙换车时丢了几件行李一样。

我并非对战争、死亡、牺牲、祖国没有自己的想法，我只是缺乏一个指导性的观念和清晰的表达。我的想法自相矛盾、零零碎碎，我只能挨个思考。如果我能活下来，我会等到夜里再思考。可爱迷人的晚上，理智已经入睡，事物都恢复了自己原本的样子，经历了白天分析的摧残幸存下来。人将思想的碎片串联起来，变成一棵安静的树。

白天是生活的景象，到了晚上，争吵的人会重拾爱意，因为爱比争吵更伟大。晚上，男人头顶星空，倚坐在窗台边，为沉睡的孩子、明天的食物和妻子的安稳入睡操心——她躺在那儿，是如此的脆弱、精致而易逝。爱不容争辩，它一直存在。让夜色赶紧降临吧，让我看看这世界值得去爱的证据！让我思考文明、人的命运以及我对国家的情义。让我愿意为某个迫切的真理奉献，说不定是一个还无法用语言表达的真理……

眼下，我就像一个被神遗弃的基督徒。毫无疑问，我和都泰尔特都会老老实实地扮演自己的角色，就像在拯救毫无意义的宗教习俗，因为神已经走了。如果我能活下来，我会等到晚上，孤独地沿着大路穿过村庄，思考我为什么应该赴死。

第二章

我从梦中醒来。指挥官提出一个奇怪的建议，吓了我一跳：

“如果这个任务让您很苦恼……或者您身体欠佳，我可以……”

“哪儿的话，长官！”

指挥官知道这个建议荒唐透顶。可每当有一个机组人员牺牲时，大家就会回想起他们出发前冷峻的脸庞。大家会把这种冷峻的神色解读成某种预感，为当初忽略了它而自责。

指挥官的踌躇不安让我想起了伊斯莱尔。前天，我在情报室窗前抽烟，看到伊斯莱尔从窗外快步走过。他鼻子通红，一只标准犹太人的鼻子。我突然被伊斯莱尔的红鼻子惊住了。

我盯着伊斯莱尔的红鼻子看。伊斯莱尔是我的一位挚友，也是我们团最勇敢的飞行员之一。他最勇敢，也最谦虚。人们经常谈论他有多么谨慎，以至于他将自己的勇敢也误以为是谨慎了。不过做胜利者确实需要谨小慎微。

伊斯莱尔走得很快，我只注意到他的红鼻子一闪而过。我并不是想拿他逗趣，但还是转身问加瓦依：

“他的鼻子怎么长成那个样子？”

“那是他妈给他的。”加瓦依回答。

但他又补了一句：

“可笑的低空飞行任务。他要出发了。”

“啊！”

那天晚上，当我们不再指望伊斯莱尔能归来时，他不安的面容在我脑海中浮现，而他独一无二的、仿佛带有某种天赋的鼻子，表达着最沉重的心情。如果给伊斯莱尔下达飞行任务的人是我，那个鼻子一定会久久地浮现在我的脑海里，像是在责备我。伊斯莱尔接到出发的命令后，什么也没说，就算说了也只是：“是的，长官。” 伊斯莱尔当然不会让脸上的肌肉有一丝颤抖。但是他的鼻子却悄悄地、慢慢地亮了。伊斯莱尔可以控制面部表情，但无法控制鼻子的颜色。他的鼻子在静默中为他“打抱不平”。即使伊斯莱尔什么也没说，但他的红鼻子还是向指挥官表达出强烈的不满。

也许这就是为什么指挥官不喜欢让那些因预感而沮丧的人出任务。预感通常都是错的，但却让军事命令带有审判的意味。阿里亚是首长，不是法官。

那天，T 副官就是这样。

伊斯莱尔有多勇敢无畏，T 就有多懦弱胆小。在我认识的人中，他是唯一一个真正感到害怕的人。从上级给 T 下达命令开始，他感到一阵莫名的眩晕。这是一种简单的、抑制不住的、缓慢的反应。他的身体从头到脚慢慢变得僵直，面无表情，眼睛开始发光。

和伊斯莱尔相反，T没有一点内心活动，他沉默不语。当命令下达完毕，他焦虑不已。焦虑开始在他的脸上映出一种均匀的光芒。从那一刻起，大家觉得宇宙与他之间，有一片冷漠的沙漠在逐渐扩大。我从来没有在别处或在其他人身上见过这般恍惚的状态。

“那天我就不该让他去。”后来指挥官说。

那天，当指挥官向他宣布完命令，他不但没有面色苍白，反而微笑了起来，只是笑笑。刑犯在受刑前的反应可能也是如此。

“您看起来不太舒服。我把您换成……”

“不，长官。既然轮到我，我就得去。”

T立正在长官面前，直直地盯着他，一动不动。

“要是您对自己没有把握的话……”

“轮到我了，长官，轮到我了。”

“别这么说，T……”

“长官……”

T仍然呆呆地站着。

阿里亚说：

“我就让他这么走了。”

T是机组中的机枪手，遭到一架敌军歼击机的袭击。但是歼击机的机枪出了故障，只好掉头返航。飞行员和T一直在交谈到基地附近，飞行员也没有注意到任何异常情况。距离目的地还有五分钟的时候，飞行员的问话没人回应。

夜晚我们找到了T的尸体，他的头被飞机尾翼砸中了。他在高速飞行的飞机上跳伞逃生——条件非常严峻。可是他是在友军的地界上跳的，没有任何危险，然而敌军歼击机却来了，夺走了他的生命。

“去穿衣服吧，”指挥官对我们说道，“五点三十分进入上空。”

“再见，长官。”

指挥官随意地挥了挥手。是迷信吗？看到我的烟灭了。我在口袋里翻找火柴，却一无所获。

“为什么你从不带火柴？”指挥官说。

“这个任务让他心烦。”都泰尔特说。

而我想的是他根本不在乎！这是我想的赌气话，并不是针对阿里亚的。有个事实十分明显，却无人承认：理智是时断时续的，唯独智慧是永恒的或近乎永恒。我的分析能力变化不大，但智慧并不看重事物本身，看重的是让不同事物建立起关联的意义，透过现象看本质。

阿里亚指挥官和将军讨论了一晚纯逻辑问题——纯粹的逻辑会毁掉智慧。在回来的路上他又因没完没了的交通拥堵而筋疲力尽。回到军队后，他又遇到了各种物资上的困难，这些困难如同无法抵挡的山体滑坡，带来无数混乱的后果，一点点地侵蚀人心。最后他召我们去，交给了我们一个不可能完成的任务。我们是一场大混乱中的“物件”。对他而言，无论是圣埃克苏佩里还是都泰尔特，我们天生对事物没有独特的看法、没有独特的思考、走路、饮酒和微笑的方式。我们是一个大工程里的碎片，而这个大工程需要时间、静下心来、后退几步才能看到。如果我的面部有一丝抽搐，阿里亚就只会注意到这个表象。在成堆的问题中，在这场山崩地裂中，我们也四分五裂。

这里说的不是阿里亚指挥官一个人，而是所有人。在痛苦的葬礼上，我们爱着死去的那个人，我们接触不到死亡。死是一件大事，死是逝者的思想、遗物和习惯之间建立的一个新关系网，是世界的一种新安排。表面上没有变化，但实际上一切都不同了。书的页码没变，但书中内容已经焕然一新。为了体会死亡，需要想象那些我们需要死者的时刻。这时我们才会想念他，想象他可能需要我们的时刻，但他再也不需要我们了。想象朋友拜访的时刻，发现这个时刻如此空洞。我们需要用长远的眼光看待生命。殡葬的那天，我们忙于奔波，与真假朋友握手，操心物质问题。直到第二天，逝者才能在静默中远去。他将完整地展现在我们面前，然后完整地从我们眼前消失。此时我们才会为已逝而未能挽留的人哭泣。

我不喜欢将战争粉饰成漫画。士兵不流一滴眼泪，用粗俗的俏皮话掩饰自己的情感。这不对。士兵不会掩饰，如果他说一句俏皮话，那是他心里的所想。

不是人品的问题。阿里亚上校是一个非常重感情的人。如果我们再也回不来了，他也许会比谁都难过。只要关系到我们，而不是其他乱七八糟的杂事，只要让他静下心来回忆往昔，他都会伤心难过。如果今晚追随我们的传达兵要求大部队搬家，我们搬家困难重重，只要一辆卡车轮出了故障，就能推迟我们的死期。这样阿里亚就无需受折磨了。

此时即将执行任务的我想的不是西方如何对抗纳粹。我只想着眼前的琐事，想着在七百米低空飞越阿拉斯的这件荒唐事，想着我们要去获取那些一无用处的情报，想着慢吞吞地穿上飞行服，洗漱一番去见刽子手。我还想到了自己的手套。见鬼，我的手套去哪儿了？我把手套弄丢了。

我再也看不到我所居住的大教堂了。

我整装待发去侍奉死神。

第三章

“你快点……我的手套在哪儿了？……不对……不是这双……在我的包里找找……”

“没找到，上尉。”

“蠢货。”

他们全是蠢货。找不到我的手套的人，还有参谋部那个执意要我们低空飞行的人。

“我十分钟前就跟你说我要一支铅笔啦。你没铅笔吗？”

“有，上尉。”

总算有个聪明人了。

“在铅笔上系根线，然后穿过这个扣眼绑好……嘿，机枪手，你一点儿也不着急啊……”

“因为我准备好了，上尉。”

“啊！好。”

我转身找到侦察员：

“怎么样，都泰尔特？什么都不缺吧？航线计算过了吗？”

“算好了，上尉……”

好吧，他已经算好航线。一个敢死任务……请问这样的任务是否有意义：为了谁也不需要的情报，牺牲一支机组，即便我们中有人生还，也不知能把情报交给谁……

“参谋部大概招募了会招魂的人……”

“为什么？”

“这样今晚我们就能在转盘上和他们交流情报了。”

我不太想发这番牢骚，但我还是要嘟囔：

“参谋部，参谋部，让他们去执行敢死任务吧！”

当任务无生还可能时，临行前的穿戴都显得格外漫长——大家都仔仔细细地穿戴，等待着被活活烧死。我们穿上里外三层的飞行服，戴上好似旧货商的配饰。我戴上氧气面罩，疏通氧气管道、热空气管道、调试电话通讯线路。一根橡皮管把我和飞机连在一起，橡皮管如脐带一般重要。飞机进入我的血液里运转，在我与他人的沟通中运转。某种意义上，就像是在我和我的心脏中间植入了一些器官。我愈发笨重、难以自控。我得调动整个身体才能转身，倘若弯腰扎紧皮带或拉上沉重的舱门，浑身的关节都会发出咯吱声。旧伤也让我痛苦难耐。

“给我换一个头盔。跟你说了二十五遍啦，我不想要自己的那顶，太紧了。”

天知道怎么回事，在高空中，脑袋会发胀。在地面上戴着刚好的头盔，在一万米的高空中就会像老虎钳一样压迫着脑袋。

“这就是另一个头盔，上尉。我已经换过了……”

“啊！好吧。”

我就是想抱怨一下，毫不内疚。我有理由抱怨！但这一切都不重要。我甚至毫不难为情地希望发生奇迹，改变这天下午的进程，比如传话器出故障。传话器总是出故障！劣质产品！如果现在传话器出现故障，我们就可以避免这次毫无意义的牺牲了……

和每次执行任务前一样，维赞上尉面色阴沉地走了过来。他是我们这里负责与监视敌机机构联络工作的人。他是来向我们报告敌机的行动。维赞是我的一位好朋友，但他也是个扫把星。此时此刻，我并不想看到他。

“我的老伙计，”维赞说道，“真是麻烦，麻烦，太麻烦了！”

他从口袋中拿出几份材料，疑虑地看着我说道：

“你从哪里出发？”

“从阿尔贝。”

"是的，是的。这就不好办了！"

"别装疯卖傻，到底怎么了？"

"你不能走！"

我不能走！……太好了，维赞！

"你飞不过去。"

"为什么飞不过去？"

"因为有三组德国歼击机在阿尔贝上空日夜交替巡逻，一组在六千米上空、一组在七千米上空，最后一组在一万米的空中。在接替的飞机到来之前，上一组飞机绝不会离开。他们事先有设防，你这是自投罗网。而且，你看！……"

他给我看一份材料，上面被人潦草地画着一些叫人看不懂的图解。

维赞，你还是让我静静吧。"事先有设防"这几个字触动了我。我想到了红绿灯和违章。而这里，违章就是死亡。我尤其讨厌"事先"这个词，感觉这是针对我个人的。

我冥思苦想。敌人总是事先保护自己的阵地，维赞说的完全是废话……我根本不在乎什么歼击机。等我降至七百米的高度时，防空高射炮早向我开火了。它肯定不会把我漏掉的！我突然变得咄咄逼人：

“你急急忙忙要和我说的，无非就是那儿有德军飞机，我的飞行任务很轻率！那就快去向将军报告吧……”

其实，当维赞提到德军飞机时，本可以轻描淡写地说，让我心安一点：

“有几架歼击机在阿尔贝上空闲逛……”

不是一样的意思嘛！

第四章

一切准备就绪。我们坐在飞机里，只剩测试传话器了……

“都能听清我说话吗，都泰尔特？”

“听得很清楚，上尉。”

“您呢，机枪手，能听清我说话吗？”

“是的……很清楚。”

“都泰尔特，您能听清机枪手说的话吗？”

“我听得很清楚，上尉。”

“机枪手，您能听到都泰尔特中尉说话吗？”

“是的……很清楚。”

“您为什么一直说‘是的……很清楚？’”

“我在找我的铅笔，上尉。”

传话器没有坏。

“机枪手，瓶里的气压正常吗？”

“是的……正常。”

“三瓶都正常？”

“三瓶都正常。”

“准备好了吗，都泰尔特？”

“准备好了。”

“准备好了吗，机枪手？”

“准备好了。”

“那我们出发吧。”

于是我起飞了。

第五章

焦虑来自真正身份的丧失。在我等待一条消息，决定我是幸福或是绝望时，我仿佛被推入了虚无。只要事情还没着落，我的感情和态度就只是一种临时的伪装。时间的流逝可让小树苗慢慢长成参天大树，却无法塑造出一个小时之后真正的我。这个陌生的我慢慢地向我走来，就像一个幽灵。我焦虑不已，但坏消息引发的不是焦虑，而是痛苦：这是另一回事了。

现在我终于坐上飞机，不再向往不可知的未来，不再是那个可能会在浓烟中盘旋飞行的人。未来不再以一种古怪的方式纠缠我。因为我今后的每一个行为组成我的未来。我将仪表盘控制在三百一十三度，校准螺旋桨和油热度。这些都是现在需要操心的事，是每天在家必须要做的琐事，可以让人忘记衰老这件事。白天变成明亮的房子，抛光的地板，畅通的氧气。我确实正在控制氧气供给，因为我们上升得很快：已经到达六千七百米的高空。

“氧气还行吗，都泰尔特？您感觉怎么样？”

“还行，上尉。”

“哎！机枪手，氧气还行吗？”

“我……是的，还行，上尉……”

“您的铅笔还没找到吗？”

我按了按 S 按钮和 A 按钮，测试飞机的机枪。至于……

“哎！机枪手。你后边的射程内没有大城市吧？”

“呃……没有，上尉。”

“来吧，试试机枪。”

我听到了一阵枪响。

“机枪好用吗？”

“很好。”

“所有机枪都是吗？”

“呃……是的……都好使。”

我也试了试机枪。我暗自想，在乡村上空漫无目的发射一通，子弹都去了哪里呢。这些子弹从来打不死人。地球很大。

每一分钟都让我变得越来越充实。我就像一颗正在成熟的果实，无忧无虑。当然周围的飞行条件时刻都在发生变化，但我参与了这个未来的创造。时间一点一点地塑造我。孩子丝毫不担忧自己会慢慢变老，他还是个孩子，玩着孩子的游戏。我也在玩，我盘算着自己王国里的刻度盘、操纵杆、按钮和手柄。我有一百零三个物件需要检查、射击、转动或推进。（我差点就算错了，把机枪上的一个操控装置算成了两个：它还有一个安全销。）今晚我会逗一下招待我的农场主。我会对他说：

“您知道现在一名飞行员得控制多少个仪表吗？”

“我怎么会知道呢？”

“没关系。您说一个数。”

“您想让我说个什么数？”

这个农场主毫无头绪。

“随便说一个数字就行了！”

“七个。”

“一百零三个！”

我心满意足了。

在调试好这些碍手碍脚的仪表后，我终于安心了。所有的管道和电缆组成了一套循环系统。当我转动某个按钮，飞行服和机舱的氧气逐步变暖，这让我倍感惬意。然而氧气太热了，烫到了我的鼻子。氧气是由一个复杂的装置控制，海拔越高，氧气的供应量越大。起飞前，我觉得很不人性。而现在，我接受飞机的氧气供给，我对它有了一种子女对父母般的依恋，婴儿般的依恋。我的重量分布到各个支撑点。我穿着三层厚的飞行衣，背着沉重的背包式降落伞坐在座位上，穿着巨大的鞋子踩在脚蹬上。我戴着又厚又硬的手套，在地面上穿戴着的话，会显得十分笨拙，此刻却能灵活地操纵方向盘。

“都泰尔特！”

“……尉？”

“先检查一下您的通讯设备。我只能断断续续地听到您说话。能听清我说话吗？”

“……您……听……上……”

“摇晃一下你那破玩意儿！听得见我说话吗？”

都泰尔特的声音变清晰了：

“听得非常清楚，上尉！”

“好吧，今天这些设备还是不好用：方向盘很重，踏板完全被冻住了！”

“真有意思。现在海拔多少？”

“九千七百米。”

“温度呢？”

“零下四十八摄氏度。你那边的氧气供给还够吗？”

“还行，上尉。”

“机枪手，氧气供给还可以吗？”

没有回应。

“哎！机枪手！”

仍然没有回应。

“都泰尔特，您听得到机枪手的声音吗？”

“什么也听不到，上尉……”

“呼叫他！”

“机枪手！喂！机枪手！”

没有回应。

我猛力摇晃飞机，要是他睡着了，可把他摇醒，不然我就要俯冲下去了。

“上尉？”

“是您吗，机枪手？”

“我……呃……是我。”

“这你都不确定吗？”

“确定！”

“刚才为什么不回答我？”

“我在测试无线电，所以把通讯线路切断了。”

“混蛋！切断之前先通知一下！我差点就俯冲下去了，我还以为您死了呢！”

“我……没有。”

“我相信您。但别再给我开这种玩笑了！先通知我再切断通讯！”

“对不起，上尉。知道了，上尉。以后我会注意的。”

人对缺氧不是很敏感，反而会隐隐感到舒坦，几秒钟内就陷入昏迷，几分钟后则会死亡。因此飞行员必须随时检查氧气的供给和机上人员的状况。

我轻轻地捏了捏面罩上的输氧管，感受着我赖以生存的热气。

总体来说，我在做本职工作。我既没感到危险（除了换衣服时感觉焦躁不安），也不觉得自己责任重大。西方和纳粹之间的战争，这一次就我个人而言，不过就是拨弄操纵杆、手柄和阀门而已，本就是如此。

我出色地调整了螺旋桨的螺距，保证航向正负误差一度以内。如果都泰尔特看一眼仪表盘的话，他肯定会对此赞叹不已……

“都泰尔特……我……仪表盘上的航向……可以吗？”

“不可以，上尉。偏航太多了。请向右转。”

“算了！”

“上尉，我们越过边界线了。我开始拍照。高度盘上显示的高度是多少？”

“一万米。”

第六章

“上尉……罗盘！”

没错。我向左转了。这不是巧合，因为我回忆起我曾在阿尔贝遭受过的重跌、头颅骨折、昏迷和在医院度过的夜晚。我的飞机经过阿尔贝，但我的身体害怕受伤就刻意避开它。当我不注意的时候，飞机航向往左偏离，飞机就像一匹曾受过惊吓的老马，余生都会提防着那个曾经绊倒它的障碍物。

我不觉得很痛苦，也不再指望能逃避任务，虽然我刚刚还有这个念头。我对自己说：“传话器要出故障了。我困了，要去睡了。”那张懒惰的床在我看来妙不可言。可我内心知道不该逃避任务，这只会让我难堪，不会有其他结果。这让我想起了中学时期，当我还是个小男孩的时候……

“……上尉!”

“怎么了！”

“没什么……我以为我看见了……”

我可不喜欢他自以为看见的东西。

是的……当我还是小男孩，在中学时，起床很早，六点就起床了，天还很冷。我揉着眼睛，接受语法课的折磨。所以我希望能生病，醒来躺在病房里，穿着白大褂的修女会把糖浆端到床边。这样天堂般的场景，我幻想过成千上万遍。当然了，如果我感冒了，我会故意咳嗽得更厉害一些。当我在病房醒来，上课的钟声与我无关。如果我弄虚作假太过分了，室外的钟声会警示我。

逃避任务没有什么好期待的。

第七章

诚然，有时任务让人很不满意，比如今天。显然我们在玩一种模仿战争的游戏，警察和小偷。我们一丝不苟地遵守着历史书中的伦理道德和教科书上的规则。昨夜就是如此，我在营地开车，哨兵按照命令对这辆车举起刺刀，管它是不是坦克！我们就是在玩用刺刀对抗坦克的游戏。

在这略为残忍的游戏中，显然我们都是跑龙套的，却要把这个角色演到死，这让我们怎么高兴得起来呢？就游戏而言，死亡太过严肃。

谁会兴高采烈地去穿衣呢？谁也不会。奥士德时刻准备着献出生命，但即便是他，也会在沉默中逃避。士兵们穿上飞行服时面露愠色，一言不发，并不是不好意思当英雄，这是他们真实情感的流露。我分辨得出来，他们面露愠色是因为根本没有听懂主人下达的指令，但他们仍然恪尽职守。这些士兵们都梦想能有一个属于自己的安静房间，可事实是，没有一个人会选择去睡觉！

因为重要的不是兀自激动，战败时不存在任何激动。重要的是换上战衣，登上飞机，起飞，个人想法无关紧要。一个想到语法课就兴奋激动的孩子，在我看来既自负又可疑。重要的是确定目标，即便眼下目标还不那么清晰。

在这场山崩地裂中，我的舍身有什么意思？我不知道。上级不止一百次地对我说："把你分配到这里或那里吧，那是你该去的地方。你在那里会比在空军更能发挥作用。飞行员嘛，可以成千上万地培养……"这番论证是不容置疑的。所有的论证都无法反驳。我的理智表示赞同，但我的本能战胜了理智。

为什么这番理论在我看来一派胡言，却无法反驳呢？谁知道呢?

今天我和其他战友一样，不顾所有的推理、证据和本能，起飞了。未来我会认识到新的和现在相反的理由。我答应自己，如果活下来，晚上一定在我所住的村子里走走。那时，也许我会习惯现状，看清事实。

也许我对自己看见的事物无话可说，就像在一个漂亮女人面前，我无话可说一样。我看到她微笑，仅此而已。而智者们则将漂亮的脸蛋拆开，对各个部位进行分析，但这样他们就看不到她的微笑了。

认识，并不是拆卸，也不是解释。认识是在视觉上建立联系。但是为了看见，首先要参与其中。而这是一个艰难的学习过程……

一整天，我都看不到我的村子。在执行任务之前，我对村子的印象只是一些墙和灰头土脸的农民们。现在对村子的印象是飞机下方十公里处的一点沙砾，便是我的村庄。

但也许今晚，一只看家护院的狗会突然惊醒、吠叫，打破村庄的宁静，而我一直很欣赏村庄的这股魔力。

我从不期待别人理解我，我不在乎。我只希望我的村子里，在紧闭着的一扇扇门背后，粮仓充实、风俗尚存，一切都井然有序，人们可以安然入睡！

农民们从田间回来，吃过晚饭，哄孩子们入睡，吹熄灯，和寂静融为一体。除了呼吸声，一切都不存在了，就像风暴后，海面上残留的波涛那般宁静。

当人们入睡时，难以抵抗的睡意使他们双手展开，手指放松，直到天亮。

那时，我或许会关注那些不知名的东西。我会像盲人一样，盲人不会描述火，可他找到了火。

我不期待可以逃避任务。就是了解一个朴素的村庄，首先也得……

“上尉！”

“什么？”

“有六架歼击机，六架，在左前方！”

这简直是一声惊雷。

可是我希望能及时得到回报。我想有去爱的权利。我要知道我是在为谁去死……

第八章

“机枪手！”

“上尉？”

“您听到了吗？六架歼击机，六架，在左前方！”

“听到了，上尉！”

“都泰尔特，他们发现我们了吗？”

“发现我们了。他们正向我们飞过来。我们在他们上方五百米处。”

“机枪手，听到了吗？我们在他们上方五百米处。都泰尔特！他们离我们远吗？”

“……只剩几秒钟了。”

“机枪手，听到了吗？几秒钟后他们就要追上我们了。”

他们在那里，我看到了！小小的几架飞机。一群有毒刺的胡蜂。

“机枪手！他们斜飞过来了。你马上就能看到他们。那里！”

“我……我什么也没看见。啊！我看见了！”

我却再也看不见他们了！

“他们在追我们吗？”

“他们在追我们！”

“他们上升得快吗？”

“我不知道……我觉得不太快……不！他们很快！”

“怎么办，上尉？”

说话的是都泰尔特。

“您让我怎么办？”

大家都不说话了。

如果我转向，会缩短与敌机之间的距离。由于我们正直直地向太阳飞去，因此在他们达到我们所在的高度并且恢复速度之前，我们就已经消失在阳光里了。

“机枪手，他们还在后面吗？”

“一直都在。”

“我们能甩掉他们吗？”

“呃……似乎不能……能甩掉！”

为了迎接即将可能发生的战斗（与其说是战斗，不如说是谋杀），我调动全身的肌肉，竭力踩下冻住的踏板。我有一种奇异的感觉，但眼睛还是盯着敌人的歼击机。我将全身的重量压在僵硬的操纵杆上。

我再次发现，自己在这次行动中远远没有穿衣时那么激动，所谓行动不过是一场荒唐的等待。但我还是怒火中烧，一股有益身心的怒火。

我没有为牺牲感到一丝陶醉。我想咬人。

“机枪手，甩掉他们了吗？”

“甩掉了，上尉。”

一切都会好起来的。

“都泰尔特……都泰尔特……”

“上尉？”

“不……没什么。”

“刚才您有什么吩咐吗，上尉？”

“没事……我还以为……没事……”

现在不是和他们开玩笑的时候，我会守口如瓶。如果我螺旋下坠，他们会看到，他们会看到我的飞机开始盘旋下坠……

零下五十度，我竟然大汗淋漓。这不正常，太不正常了。噢！我突然明白发生了什么事情：我在慢慢失去意识，慢慢地……

我能看到仪表盘，我看不到仪表盘了。我放在方向盘上的双手越来越使不上劲了，连说话的力气都没有了。我在往下坠，往下坠……

我捏住橡胶管，吸入一口气流，氧气管没出故障。这是……没错，肯定。我真笨，这是踏板。刚刚踩踏板的时候，我使出了采石场工人搬石料、卡车司机搬货物那么大的劲儿。在一万米的高空，我竟像个卖艺的大力士。氧气是有限的，我得省着点用，如今我得为使蛮力付出代价……

我呼吸急促，心跳很快，非常快，像一只铃铛。但我绝不会向我的机组透露一星半点。如果我的飞机开始盘旋下坠，他们立刻会知道。我看到仪表盘……我看不到仪表盘了……我汗流浃背，黯然神伤。

但我慢慢在好转。

“都泰尔特！”

“上尉？”

我想告诉他刚刚发生的事。

“我……认为……”

但是我没有说下去，说话太费氧气了，才说了三个字就已经气喘吁吁了。我就像一个虚弱的、正在接受康复治疗的病人……

“刚才怎么了，上尉？”

“不……没什么。”

“上尉，您说话真是吞吞吐吐！”

我吞吞吐吐，至少还活着。

“……没……没……追上……我们……”

“噢！上尉，这只是暂时的！”

这只是暂时的：还要去阿拉斯呢。

就这样，有那么几分钟，我以为再也回不去了，但并不觉得焦虑不安，据说这种焦虑会让人熬白头发。我想起了萨贡的亲身经历。两个月前，一番战斗后，他在法国领空被击落，几天后我们去探望他。当他被敌军的歼击机团团包围，仿佛被钉在死刑柱上，自以为必死无疑的时候，他是怎样的感受呢？

第九章

我清楚地记得萨贡躺在医院病床上的情景。跳伞的时候，他的膝盖磕到飞机尾翼，骨折了，但萨贡没有感到剧烈的撞击。他的脸和双手严重烧伤，但总的来说，他的伤都不致命。他慢慢地向我们讲述了事情的经过，语气平淡，好像只是在报告一件苦差事。

“……我知道，如果他们看到我被照明弹包围，就一定会向我开火。我的仪表盘被炸了。然后我看到一股烟，噢，不是很多，像是从前面飘来的！我以为那是……你们知道那里有一根连接管……火烧得并不旺……”

萨贡撇了撇嘴，他在斟酌。他觉得说明当时着火的情况很重要，他犹豫着说道：

“毕竟……着火了……所以我要他们跳伞……”

因为只需十秒钟，火焰就可以吞没整架飞机！

“于是我打开跳伞舱口。我错了，空气一下就进来了……然后火焰……我不知道该怎么办。”

在七千米的高空，火车头锅炉对着他的肚子喷射烈火，他仅仅只是局促不安？我不会对他的英雄主义或者廉耻心大吹特吹，他也不会承认这是英勇的行为。他会说：“是的！是的！我不知道怎么办……”他竭力实话实说。

我知道我的思维有局限性，一次只能处理一个问题。如果你们揪住对方衣领，满脑子想的都是打架的策略，你们就感觉不到拳头打在身上的滋味。一次我在驾驶水上飞机时出了事，以为自己要淹死了，我感觉不到水的冰冷，反而觉得是温热的。或者更准确地说，我不再考虑水的温度，思维被别的担忧牢牢占据着，所以水温没有给我留下任何印象。萨贡当时也是，他的思维完全集中在跳伞上，满脑子都是逃生，是跳伞舱口的操纵杆、降落伞的某个活扣和机组成员的技术操作。“你们跳了吗？”没有回答。“飞机上没人了吗？”没有回答。

“我估计只有我一个人了，我认为我可以离开了……我站起来，跨过座舱，先走到机翼上。一到上面，我向前俯身，但没看到侦察员……”

侦察员已经被敌方歼击机击中身亡，躺在座舱的角落里。

“我退到飞机尾部，也没见到机枪手……”机枪手也倒下了。

“我想只剩我一个人了……”

他想了想：“早知道……我原本可以回到机舱内……火烧得没那么旺……可是我就这样，在机翼上站了好一会儿……离开座舱前，我把飞机头调整为上仰的状态。飞行正常，气流正常，我这才放心。哦，是的！我在机翼上停留了很长时间……我不知道该怎么办……”

萨贡的问题并不错综复杂：只剩下他一个人，飞机着火了，敌方歼击机还在四周盘旋、扫射。萨冈想要告诉我们的

是，他当时没有任何想法。他什么也感觉不到。他的时间绰绰有余，他在无尽的空闲中徜徉。我慢慢明白，在死亡将至时，人有时会产生一种奇妙的感觉：一种出人意料的闲适……那些想象中的气急败坏在现实中不存在。萨贡站在机翼上，仿佛置身时间之外。

“后来我跳了，但没跳好，我看到自己在旋转。我怕降落伞打开太早，身子会缠在里面。我等待身体能稳住，噢，我等了好久……”

就这样，在萨贡的记忆里，他从头到尾都在等待。等火烧得更厉害，不知道为什么在机翼附近等着，后来朝地面自由降落时，他还在等待。

这就是萨贡，普普通通的萨贡，和平时的他没什么两样。面对万丈深渊，他满心烦恼，畏缩不前。

第十章

两个小时过去了，周围气压只有正常大气压的三分之二。整个机组慢慢地疲劳了，我们几乎没再说话。我又小心地试着踩了一两次踏板，但没有继续下去。每次尝试后，我都会有同样的感觉，又累又舒服。

为了拍出合适的照片，飞机需要盘旋。每次转弯前，都泰尔特都会提前很久通知我。我竭力操纵好方向盘，倾斜飞机，将操纵杆向里拉。在我的协助下，都泰尔特拍了二十个镜头。

“什么高度？”

“一万零两百米……”

我还在想萨贡……人永远是人，我们都是人。我只了解我自己，而萨贡也只了解他自己。将死之人死去的时候还是原本的模样。一名普通的矿工死了，死去的就是一名普通矿工。文学家为了让文章引人入胜而编造出来的惊慌失措，现实中哪里有？我在西班牙遇见了一个人，他费了好几天工夫才从一座被炸毁的房屋地窖里钻出来。人们沉默地围在他身边，他突然有些胆怯。这个几乎是从地狱归来的人，身上还粘着泥土，窒息和饥饿折磨得他半痴半癫，像一头濒临灭绝的怪兽。当有人鼓起勇气向他提问时，他面色阴郁，人们顿时从胆怯变得不安。

人们笨拙地向他提问，因为没有人知道该怎样真正地发问。有人问他："您当时感觉……您认为……您怎么办……"就这样，他们在深渊前将吊桥随意地抛出，就像初次尝试去帮助一个又聋又哑的盲人，将他从黑夜中拯救出来，然而一切都是徒劳。

但当这个人能回答问题后，他说：

“啊是的，我听到了很长的爆裂声……”

或者……

“我很担心。时间如此漫长……啊，那么的漫长……”

还有呢……

“我很担忧。时间很长……啊！时间真长……”

还有呢……

“我腰疼，非常疼……”

这位老实人说的都是实话。他还着重跟我们讲述了他丢失手表的这件事……

“我找过……它对我很重要……但是一片漆黑……”

当然，生活教会他珍惜时间的流逝，爱护日常物品。他用原来的自己来感受属于自己的宇宙，即便这个宇宙在黑夜里坍塌了。但是，“你曾经是个怎样的人？你当时心里想的是谁？”这些基本问题，没人向他提起。他什么也答不上来，就算被问，他的回答无非是：“我自己……”

无论在什么样的环境下，我们绝不会变成一个连自己都不认识的陌生人。人生，就是慢慢地成长。借用现成的灵魂，未免太过容易了。

有时顿悟会让命运出现转折，但顿悟只是惊鸿一瞥。我慢慢学习语法，再接受句法训练。我的情感被唤醒了，突然我诗兴大发，赋诗一首。当然，此刻我感受不到一点爱，但如果今晚，有什么东西向我揭示了爱的存在，那是因为我为看不见的建筑添砖加瓦了。我在准备一个盛大的节日，我本来就没有资格说在我身上出现一个非我。因为这个非我，是我自己打造的。

我一点也不期待战争的冒险，我只期待这漫长的准备过程。就像语法课一样，它的作用在很久之后才会显现出来……

经过长久的消磨，我们逐渐衰弱、迟钝。我们在变老，任务也在过时。高空飞行的代价是什么？在一万米的高空生存一小时，不是相当于分别损耗了心脏、肺和动脉一周、三周、一个月的活动吗？可我把这些置之脑后。我多次半昏迷，这让仿佛我增长了几百岁：我像老人一般泰然自若。穿飞行服时的种种情景仿佛离我很远了，阿拉斯好像也离我无限遥远。战争历险呢？哪儿有战争历险？

十分钟前，我差点从这个世界消失。我没什么好说，除了看见三架歼击机三秒后飞过，真正的历险只持续了十分之一秒。在我们军队里，有人一去不回，有人幸运归来，但每个人从不讲述自己的经历。

“蹬一下左脚，上尉。”

都泰尔特已经忘记我的踏板被冻住了！我想起了小时候非常喜欢的一幅雕刻画。在一片北极光的背景之中，有一座沉船坟地，在南方的海洋中静止不动。在永夜星星点点的亮光里，沉船张开水晶般的臂膀。在死亡一般沉重的氛围里，风帆高耸，帆上还残留着风的印记——如同床保留着肩膀的温柔痕迹，但这些风帆看起来很僵硬，还摇摇欲坠。

这里的一切都被冻住了。我的操纵杆被冻住了，机枪也被冻住了。我问机枪手：

“您的机枪还能用吗？”

“可以。”

“太好了。”

我吐在面罩氧气管里的水汽凝结成冰碴儿。橡胶管里的冰霜让我喘不上气，我得时不时碾碎它们。每次碾碎的时候，我都能感到冰霜在我的掌心吱吱作响。

“机枪手，氧气还够吗？”

“还可以……”

“瓶里的气压呢？”

“呃……七十。”

“好的。”

时间似乎也被冻住了。我们变成了三位胡子花白的老人。一切都静止不动，既没什么紧迫的事，也没什么残酷的事。

战争历险？有一天，阿里亚指挥官对我说：

“您要尽量小心！”

小心什么，阿里亚指挥官？敌军歼击机闪电般冲过来，机群在距你一千五百米的上空发现你行踪，有的是时间解决你。他们迂回飞行，定方向，定位置。而你呢？你对此一无所知，就像笼罩在老鹰阴影中的小鼠。小鼠以为自己能活下来，往麦田里钻。但在老鹰的眼中，它已是阶下囚，逃出捕鼠器容易，但老鹰是绝不会放过它的。

你也是一样，你继续飞行、幻想、观察着地面情况，但其实你已经被另一个人的目光锁定，宣判了你的死刑。

九架歼击机可以随意排成纵队拦住你的去路，他们有的是时间。他们可精准地射击猎物，时速达每小时九百公里。轰炸机队火力强大，可防御，但孤立无援的侦察机根本无法打赢七十二架机枪，何况它看到的只是令人眼花缭乱的枪林弹雨。

当你意识到战斗即将来临，敌军的歼击机已经如眼镜蛇般喷出了第一口毒液，平稳安全地从你的头顶掠过。

当歼击机队消失在天边时，你可能还没意识到发生了什么，一切都还是原来的样子。现在天空一望无际、和平安宁，事情悄然发生了变化。被侦察机切断的飞机颈动脉喷出了第一股血，右侧的发动机引擎慢慢地渗出了第一团火光。眼镜蛇的身体回缩，它的毒液慢慢渗进猎物的心脏，猎物的脸上第一次出现痛苦的抽搐。歼击机队并不杀人，它只是埋下死亡的种子。当机队离开时，种子开始萌芽。

小心什么，阿里亚指挥官？当我们遇到歼击机时，我不知道该怎么办，我甚至都认不出它们。如果它们在我们的上空飞行，我根本看不到它们！

小心什么？天空是干干净净的。

地面也十分空旷。

在十公里的高空观察，是看不见地面上的人，更看不清人们的行动。我们的长焦相机此刻就是一台显微镜，显微镜下，我们仍然看不到人，但我们可以观察到人的踪迹——道路、沟渠、车队和驳船。人是显微镜下玻璃镜片中的微生物。我是一个冷酷的科学家，人类战争对我来说不过是一项实验室课题。

“他们开火了吗，都泰尔特？”

“我认为他们开火了。”

都泰尔特什么也不知道。爆炸的位置离我们很远，爆炸产生的烟雾和尘土混合在一起，难以分辨。他们别指望这么随意射击就能把我们打下来。我们在一万米的高空，几乎很难被击中。他们开火也许只是为了定位，好追击我们。长空中的一架歼击机就像一粒看不见的灰尘。

地面上的人们可以看到我们，是因为飞机在高空飞行时，会在身后拖出白色的丝带，就像新娘的面纱。飞机经过时引起的震动将大气层里水蒸气凝结，在机身后释放出冰针组成的卷云。如果外部条件有利于这种卷云的形成，这条云带就会慢慢变厚，变成晚霞，挂在乡村的天边。

歼击机凭借无线电、接连的爆裂声和华贵的白色丝带，追赶着我们。而我们却徜徉在仿佛空无一物的空中。

我很清楚，我们的时速已达到五百三十公里……然而眼前的一切都是静止的。在赛场上必须表现出速度来，可是这里，一切都被吞没在空间里。比如地球，尽管每秒运行四十二公里，但它还是缓慢地环绕着太阳，转一圈要一年。我们也是如此，在引力的作用下，给人追上也没那么容易。频繁激烈的空战？不过是大教堂里的灰尘罢了！灰尘，我们说不定会吸引十几粒或几百粒灰尘，就像抖动地毯而掉落的灰尘一样，缓缓飘向太阳。

小心什么，阿里亚指挥官？我垂直往下看，只见属于另一个时代的小玩意儿，罩在清澈静止的水晶下。我朝博物馆的橱窗俯下身，但由于背光看不见。我们前方遥远的地方，肯定是敦刻尔克和大海。由于机身倾斜，我什么也看不见。现在太阳太低，我好像在一块巨大的反光镜上飞行。

“透过这玩意儿，你能看到什么东西吗，都泰尔特？”

“往下看，可以看到，上尉……”

“哎，机枪手，有歼击机的消息吗？”

“没有任何消息……”

事实上，我们到底有没有被追踪，人们从地面上能不能看到我们飞机后飘舞着的童贞女纱裙，我根本就不知道。

“童贞女的纱裙”让我突然思绪万千。我脑海中浮现出这样的一幅画面：“……我们就像高不可攀的美人，摇曳着冰雪般的长裙，追随着自己的命运……”

“踩一下左踏板！”

这才是现实。但我没忘记吟诵自己的打油诗：

“……她一个转身，让漫天的求爱者也跟着团

团转……”

左脚踩一下……左脚踩一下……踩！

那位美丽的女子转不动了。

“如果您要唱歌……就转动一下眼珠……上尉。”

我唱歌了？这下，就算我有点儿唱歌的雅兴，也被都泰尔特赶跑了。

“我的照片差不多拍完了。您可以马上朝阿拉斯的方向下降。”

我可以……我可以……当然了！这可是个好机会。

呵！气门的操纵杆也冻住了……

我想：这一周的三个任务中，只有一个成功完成，战争的危险性很高。但是，如果我们成功归队，也无话可说。我经历过很多次历险：建立通讯路线，飞往撒哈拉的分裂区、南美洲……但战争并不是真正的历险，它只是历险的一个替代品。历险的基础是创造丰富的联系、解决问题和创造新事物。不能因为赌注是生与死，便把抛硬币猜正反面的赌博说成历险。战争是一种疾病，像伤寒。

也许之后我会明白，我在奥尔贡特的房间里的经历才是一场真正的战争历险。

第十一章

一九三九年的冬天雪虐风饕，我们的军队当时驻扎在圣迪济耶[①]。我住在奥尔贡特附近的一个村子里。夜晚气温大幅降低，我水壶里的水都结冰了。我每天早上起床穿衣前的第一件事，就是点燃炉火。为了点火，我不得不离开温暖的被窝——我本能在里面快乐地缩成一团。

在那个空空荡荡、宛如冰窖的房间里，再没有什么比这张修士用的简单床铺更好的东西了。经过几天的辛苦，我躺在床上，体会到休息的快乐和安全感，因为床上没有东西能威胁到我。白天我的身体要经受严苛的高空环境和炮弹的袭击，它可能会变成痛苦的巢穴，受到不公平地折磨。白天我的身体

① 圣迪济耶（Saint-Dizier），位于法国东北部的上马恩省。

并不属于我，也不再属于我自己。别人可以随意夺走我的肢体、抽走我的血液。这就是战争的一部分，你的身体不属于你，而是一个零件市场。传令员要眼睛，你就得把视力交给他。他要腿，你就要把你的行走能力给他。传令员举着火把要你脸上的肉，你还是得给他。在他的勒索下，你失去了微笑和向别人示好的能力，变成一个怪兽。同样是这具身体，白天它还可能是我的敌人，弄疼我，可能成为呻吟的工厂。此时，它还是我顺从、挚爱的朋友，半睡半醒、舒舒服服地卷成一团，只传递给我活着的快乐和幸福的鼾声。可是我必须起床，用冰冷刺骨的水洗漱、剃须，穿上衣服，整整齐齐地迎接战斗。每次起床就像是童年时被迫离开母亲的怀抱，失去了爱、抚摸和保护一样，令人难受。

于是我经过反复权衡、深思熟虑，乃至拖延良久之后，咬紧牙关猛地从床上跳起来，直奔壁炉，堆起木柴，浇上汽油。等木柴一着，我又跑回房间的另一头，钻进被窝，把鸭绒被一直拉到头顶，重新找回温暖，只露出一只左眼观察壁炉。一开始火烧得不旺，然后零星的火苗照亮了屋顶。炉子里的火慢慢稳定了，像在组织、酝酿着节日的氛围。壁炉开始发出劈啪声、轰隆声和歌声，像乡村婚礼的喜宴一样令人欢乐——人们在喜宴上互相敬酒，推来搡去。

我似乎被温厚的火焰保护着，这火焰就像一只活泼、忠诚而勤勉的牧羊犬，勤勤恳恳地保护着我。我凝视着它，心里一阵激动。伴随着天花板上光影的舞蹈和热烈的金色旋律，节日仿佛进入高潮，角落里的木炭熊熊燃烧着，我的房间充满了神奇的烟雾和树脂的味道，我跳起来，离开一位朋友去找另一个朋友。我从床边跑到炉火边，跑向我最慷慨的朋友。我不知道应该先暖暖我的肚子还是先暖暖我的心，在这两种诱惑之间，我懦弱地选择了更强烈的、更光芒耀眼的那种诱惑。

为了生火，我就这样起床又回到床上，重复了三次，确认那些火焰燃烧的情况。我冷得上下牙打战，跨越房内空旷冰冷的荒原，体验到了什么是极地探险。我穿过荒原，走向一个幸福的中转站，那里，熊熊的火焰在我面前翩翩起舞——那是牧羊犬的舞蹈。

这个故事听起来平淡无奇，但的确是一次大历险。如果有一天，我以游客的身份来参观这个农场，我永远也不会发现房间里那些无法一目了然的东西。我只会觉得这个房间简陋空旷，只有一张床、一个水壶和一个坏壁炉。我在里面会打上几分钟的哈欠。我怎么能分辨出它的三个部分、三种文明——睡眠文明、火焰文明和荒漠文明？我怎么能感觉到身体的历险——起初是母亲怀中备受爱护的孩童之躯，然后是吃苦耐劳的战士之躯，接着是因为拥有火焰文明而充满快乐的人的躯体。火焰为主人和他的同伴们增添光彩。如果他们拜访朋友、参加宴席时，人们拉着椅子，围坐在火焰周围，一边谈论着生活的问题、忧虑和苦难，一边搓着手往烟斗里加烟丝，会感叹道：“火啊，总是让人开心！”

可是眼下，已经没有火焰能让我想起温情，没有冰冷的屋子能让我想起历险。我从梦中醒来，眼前只有绝对的空虚和极度的衰老。只有一个声音，都泰尔特的声音，呓语着：

“左脚踩一下，上尉……”

第十二章

虽然我们的机组终将战败，但我仍尽职尽责地完成自己的工作，沉浸在战败的气氛里。失败无处不在，甚至我手里就握着一个预兆。

气门杆被冻住了，我只能让发动机全速运转。现在这两截废铜烂铁给我制造麻烦了。

我驾驶的这架飞机，螺旋桨的螺距增大限速太低。如果全速俯冲，时速接近八百公里，发动机会超负荷运转，引发停转的危险。

万不得已的时候，我可能要关掉发动机，但这可能会引发无可补救的故障，最终导致任务的失败，甚至连飞机都保不住。毕竟一架时速一百八十公里的飞机很难安全着陆。

所以我必须扳动气门杆。我用力将左边的操纵杆扳动，但是右边的仍然纹丝不动。

现在只要我能调低左发动机转速，就可能安全降落。但要降低左发动机的转速，我还得抵消右发动机的侧面牵引力才行，否则飞机肯定会向左旋转，我必须阻止这种情况发生。然而要进行这个操作，必须用到踏板，但它们完全被冻住了，我没法进行补救。如果降低左发动机的转速，飞机会螺旋下坠。

我只剩下唯一的选择：冒险让发动机超过理论上能达到的最大转速，三千五百转，但这有可能导致机毁人亡。

这一切荒诞至极。我们的世界是由一些互不匹配的齿轮组成。

战争已经持续了九个月，我们的军火制造商还是没能让机枪和操纵杆适应高空环境。这不是粗心大意造成的，大部分人还是勤勤恳恳、心如明镜的。他们的懒惰懈怠往往只是他们效率低下的一个结果，而不是原因。

效率低下就像宿命一样压在我们所有人身上，压在拿着刺刀对付坦克的步兵身上，压在以一敌十的机组身上，甚至压在改进机枪和操纵杆的那些人身上。

我们生活在一个行政部门密不透风的肚子里。行政部门是一台机器，越是完美，越会剥夺人类的决断权。一个完美的行政部门里，人类起小齿轮的作用，懒惰、奸诈、不公都无处施展。

这台机器的建造是为了管理一系列一成不变的操作。同样，行政部门也没有任何创造力，它只会管理。它会用某种手段来处理某种错误，用某种方法来解决某种问题。但行政部门的建立并不是为了解决新的问题。人们往一台冲压机里放入木材，并不能造出任何家具。为了改进机器，必须有人有权把机器拆解。行政部门的建立就是为了防范人类因自主决断产生问题，齿轮排斥人类的干预，也排斥钟表匠的干涉。

从十一月起我便加入第三十三团第二大队。从一开始，战友们就告诉我：

“你在德国人上空溜达不需要带机枪和操纵杆。”

然后他们又安慰我：“放心吧，你不会怎样的。你还没发现歼击机，敌军歼击机就已经把你击落了。”

六个月之后的五月，机枪和操纵杆依然冻着。

当炸弹将空军部夷为平地的时候，他们紧急叫来一名下士，对他说：

“由您负责给操纵杆解冻，您拥有一切权利，想办法解决这个问题。您有两周的时间，如果两周后事情没有改观，您就只能被发配去做苦役了。”

这样的话，操纵杆不可能被冻住。

这类的毛病我能说出一百个。比如北方某省的征调委员会征收了怀崽的母牛，于是屠宰场成为了胎牛的坟场。征收部门的上校都不过是齿轮而已，他们要受另一个齿轮的制约，任何反抗都是徒劳的。这就是为什么这台机器一旦出故障，会愉快地屠杀怀崽的母牛。这可能还不是最糟的，如果故障更严重，也许还会把上校宰了呢。

我对这个混乱的世界灰心丧气。现在就算炸掉发动机也无济于事，于是我又压了压左边的操纵杆。我满腹怨气，用力过度，接着我放弃了。这次用力让我的心脏又一阵刺痛。显然人生来不适合在一万米的高空做这种体力活儿。我的心脏隐隐作痛，好像某个本来在沉睡的器官突然苏醒了。

发动机爱炸就炸吧，我无所谓。我竭力呼吸，感觉一旦分心，就无法呼吸。我想到以前人们用来煽风的风箱。

我造成什么无法挽回的损害了呢？在一万米的高空，用力过猛都可能引发心脏肌肉的撕裂。心脏非常脆弱，它还要服役很多年。在这么粗暴的工作中牺牲真是荒谬。

第十三章

即使把北边的村庄全部烧毁，也不能阻挡德军的挺进，哪怕半天也不能。那些错落的村庄，古老的教堂、老旧的房子、成堆的纪念品、漂亮的胡桃木漆地板、衣柜中美丽的服装、窗前花边窗帘——用到今天还是好好的。可是眼下，从敦刻尔克到阿尔萨斯，我一路看着它们在大火中化为灰烬。

从一万米高空往下看，说“燃烧”有点夸大其词。因为村庄上空就像森林上空一样，漂浮着一团静止不动的烟雾，像是一块白色的冰。大火只是在烟雾中窜动。在一万米的高空，时间仿佛流逝得更缓慢了，我既看不见事情的进展，也看不到噼噼啪啪的火焰、断裂的房梁和黑色的浓烟，能看到的是琥珀中凝固的灰白乳液。

谁能治愈这片森林？有人能治愈这座村庄吗？从我所处的地方看去，大火缓缓地吞噬着一切，就像一场疾病缓慢地蔓延。

在这件事上我还有很多想说的话。我听过这样的话，“我们不要舍不得村庄。”这么说是有道理的。战争期间，一个村庄不是传统的一个纽带。若落入敌人手中，村庄不过是一个老鼠窝，一切都变了样。这些大树树龄三百年，一直保护着祖宅，但它们妨碍一位二十二岁中尉的射击练习。于是他派来十几个士兵到您家里，毁掉这件时间的杰作。仅用了短短十分钟，三百年的耐心和阳光，三百年的守护和在庭院树荫下订婚的记忆全部灰飞烟灭。您对他说：

“这些树是我的！”

他不听你的。他在打仗，他有理。

为了玩好这场战争的游戏，他们烧毁村庄和公园，牺牲机组，派步兵对付敌方的坦克。一切都无济于事，难以名状的不安笼罩着这里。

敌人发现了这个事实并充分利用这个事实。人类在广阔地球上所占的空间非常小，需要一亿名战士才能形成一道绵延的人墙，因此部队与部队之间总有缺口。这些缺口基本上可以由军队的移动弥补。但是从装甲部队的角度来看，机械化程度很低的敌军可以说是不动的。这些缺口就成了真正的漏洞。一条简单的战争策略应运而生：装甲部队应该如水一般行动，对敌军的防线轻轻施压，在没有遭遇抵抗的地方长驱直入。总能找到军队的缺口，而坦克总能冲过去。

长驱直入的坦克如果没有遇到抵抗，便会造成无可挽回的后果——尽管看上去这些损坏只是浅层的（比如俘虏了地方参谋部、切断了电话通讯、烧毁了村庄）。但这些损坏却起了化学试剂的作用，毁坏的不是身体，而是神经和淋巴结。它们闪电般地扫荡土地，任何军队即使看上去毫发无损，却已然不成军了，它变成了独立的凝块。原本的机体只剩下一堆毫无关联的器官。无论士兵多么骁勇善战，敌人还是可以随心所欲地推进。因为当一支军队没有凝聚力时，它就已经失去了作战能力。

我们无法在十五天内制造出一种新材料。甚至……军备竞赛也是必输无疑。我们是四百万农民在对抗八百万机械师！

我们的士兵以一敌三，一架飞机要对付十架或二十架敌机，一辆坦克要对抗一百辆坦克。我们没有闲情逸致去回忆过去，我们必须面对现实。无论何时何地，任何牺牲都无法阻挡德军的进军。

因此在民政和军事部门里，从上到下，从管道工到部长、从士兵到将军，谁也不会，也不敢表现出内疚。当牺牲沦为拙劣的模仿或者自杀时，就失去了伟大的意义。牺牲是美好的：有些人死去，是为拯救他人。这都是对的，但是无论如何，火还是向四处蔓延，再也没有可以藏身的营地了，援兵也盼不来了。此时说为那些人战斗，或试图为之战斗，那无疑是让士兵们送死。因为飞机摧毁了军队后方的城市，改变了战争的打法。

后来我听到一些外国人指责法国，说有几座桥本可以不用炸毁，有几个村庄本不用烧毁，有些人本不该死。但令我感到震惊的是法国军队的做法与之背离。我们闭目塞听，不顾事实进行着注定失败的斗争。尽管一切都无济于事，但为了遵守游戏规则，我们还是炸毁了桥梁。为了遵守游戏规则，我们烧掉了真正的村庄；为了遵守游戏规则，我们的士兵壮烈牺牲。

当然，我们会漏掉一些事！有的桥忘了炸，让有的人活了下来。但是这场溃败让所有的行为丧失意义。无论谁炸毁桥梁，内心一定充满反感。这个士兵拦不住敌人，于是制造了一座桥的废墟。他损害自己的国家，只为了一场装模作样的战争！

为了让士兵执行军事行动时充满热情，必须要让行动有意义。烧毁庄稼是为了将敌人埋在灰堆里。可是敌人依仗着一百六十个师，只会对我们烧毁村庄和我们的死嗤之以鼻。

烧毁村庄的意义应该和村庄的意义是相等的，但如今烧毁村庄不过是装模作样罢了。

死亡的意义应该与死是相等的。士兵们打得好不好，这本身是一个没有意义的问题！理论上，一个村落的防御水平只能撑三个小时！可是士兵们收到坚守的命令。没有战斗的工具，他们只能求敌人摧毁村子，只为了不破坏战争的规则。就像对可爱的敌方棋手说："你忘了吃掉这个小卒子……"

他们向敌人发出挑战：

"我们就是这个村子的守方，你们是攻方。来吧！"

敌人接受了挑战，派出一支空军中队，将村子夷为平地。

"好棋！"

当然有人原地不动，这是绝望的表现。当然逃兵也是有的。有那么两三次，阿里亚指挥官在路上遇到落魄的亡命者，他拔枪威胁他们回答自己的问题。谁都想把罪魁祸首逮住，干掉他扭转乾坤！逃兵要对溃败负责，没有逃兵就不会溃败。只要拔枪瞄准，所有的问题都能迎刃而解……但这好比为了消除疾病传播，不惜把病人埋葬。阿里亚指挥官最终还是把手枪放回口袋里。突然这把手枪让他觉得很浮夸，像戏剧舞台中的刺刀。阿里亚认识到这些垂头丧气的士兵是灾难的结果，并不是原因。

阿里亚知道，这些逃兵和今天还在接受死亡的士兵毫无二致。十五天来，有十五万士兵死亡。但有些顽固的人要求知道赴死的理由。

很难找理由说明。

赛跑运动员终其一生都会和跟他水平相近的人赛跑。但从一开始，他就发现脚上拖着脚链，而他的对手们却身轻如燕，那么赛跑就失去了意义。他弃权：

“这次不算……”

“算！算！”

然而，能编些什么理由让人投入到不公平的赛跑中去呢?

阿里亚很清楚士兵们的想法。他们也在想：

“这次不算……”

阿里亚放下手枪，寻找一个合理的回答。

只有一个合理的回答，唯一的回答。我不相信谁还能找到别的答案：

“你们的死改变不了什么，失败是注定的。但是失败一定要通过死亡表现出来，这样我们才能哀悼。你们就得扮演这样的角色。”

“好的，长官。”

阿里亚并不鄙视逃兵。他非常清楚，他合理的回答足够说明问题了。他自己已经接受死亡，他所带领的机组也得接受死亡。对我们来说，这个不加掩饰的合理答案已经足够了：

“很麻烦……但是参谋部坚持这么做。他们非常坚持……就是这样……”

“是，长官。”

我只是认为，死者是为生者做担保的。

第十四章

我苍老了许多，把一切都置之脑后。我透过舷窗上的反光镜望去，底下全是人，小得就像显微镜载玻片上的纤毛虫。会有人对纤毛虫的家族纠纷感兴趣吗？

如果不是心中的痛苦让我感觉自己还活着，我可能会像一个老去的暴君胡思乱想。十分钟前，我杜撰了一个龙套的故事，假得令人作呕。

我可以毫不费力地编造出了一条拖地长裙！但我不会想到什么拖地长裙，因为我根本看不见自己飞机的航迹！在机舱里，我就像一只烟斗，卡在烟盒里，根本看不到背后有什么。我越过机枪手往后看去。这还不够！还得送话器不出故障才行！我的机枪手也从来不会说："有几个仰慕者跟在我们裙摆后面……”

现在只有怀疑和耍花招。当然了，我很愿意相信，愿意战斗，愿意赢得胜利。但烧毁自己的村庄，没法让人假装相信、战斗、获得胜利，无法让人热血沸腾。

生存很艰难。人不过是各种关系的枢纽，如今我和他人的联系不再有什么价值了。

我心里出了哪些故障？人际交往的秘密是什么？对我看来抽象而遥远的东西为何会在其他环境里让我感到心神不宁？为什么一句话、一个手势可以在人的命运中无休止地重复？如果我是巴斯德②，纤毛虫的活动会让我动容，载玻片在我眼里像原始森林一样广阔，那么俯身凝视它会不会是我最高形式的历险？

那个黑点是人类的房子，它是从哪儿来的……

它引起我的一段回忆。

---

② 路易·巴斯德（Louis Pasteur），1822年12月27日出生于法国东尔城，法国著名的微生物学家、爱国化学家，1895年9月28日逝世。

当我还是个孩子的时候……我回溯到了我的童年。童年，这片广阔的土地，每个人都是从那里出发！！我从哪里来？从我的童年来，从我的国家来……当我还是个孩子的时候，经历了一件有趣的事情。

我当时大概五六岁。晚上八点孩子们就应上床睡觉了，尤其是冬天的时候，因为八点天就已经黑了，然而大家把我忘了。

这栋乡村大宅一楼前厅空旷无比，通向我们温暖的饭厅。我一直很害怕这个巨大的前厅，可能是因为它中间幽幽的灯光，几乎和黑夜融为一体；可能是因为高高的细木构件，在寂静中嘎吱作响；也可能是因为寒冷。那盏灯已经不再是灯，更像是一个符号。从光亮暖和的房间走进前厅，仿佛走进了地窖。

那天晚上，看到大家把我遗忘，我向恶魔让步了，蹑手蹑脚地走到门边，轻轻推开门，溜进了前厅，偷偷探索这个世界。

细木板的嘎吱声仿佛是天怒的一种预示。在一片漆黑中，我隐隐约约地感觉到门厅木板的敌意，虽然我不敢轻举妄动，但勉强爬上了螺形托脚小桌。我背靠墙坐在那里，两只脚悬在半空。我心跳得很快，像是迷失在茫茫大海中的遇难者，茫然地坐在一块暗礁上。

这时，客厅的门打开了，两位叔叔一进来便带上门，我对他们是又敬又怕。他们将喧闹和光亮关在门外，开始在门厅里踱步。

我怕被发现，不停颤抖。其中一位叫于贝尔，对我来说是严厉的代名词，是神圣正义的代表。这个人从不拿手指戏弄小孩，每次我做错事，他都会严厉地皱着眉头对我说："下次我去美国，我会带一台揍人的机器回来。美国的机器都很棒，所以那里的小孩都非常听话，父母也不用操心……"

那时我就不喜欢美国。

他们在冰冷空旷的门厅里来回踱步，完全没有注意到我。我双眼盯着他们，耳朵仔细凝听，屏住呼吸，头脑发昏。“如今这个时代……”他们带着大人的秘密走远了，我喃喃自语道：“如今这个时代……”接着他们像海浪一样卷土重来，带着他们不可计量的宝藏。一人对另一人说：“荒谬，真是荒谬……”我像发现了珍宝一样抓住这个句子，慢慢地重复着，看看这句话会对我五岁的心灵产生什么作用：“荒谬，真是荒谬……”

海浪带着叔叔们远去，又把他们带回来，像恒星一般有规律，引力现象仿佛让我看到晦涩不明的未来。我好像被永远钉在小桌子上，成为一场庄重会谈的窃听者。而在此期间，我那两位无所不能的叔叔正联手创造世界。那座乡间宅子还能矗立千年，两位叔叔则会在门厅里像钟摆一样慢慢地踱步许久，继续赋予它永恒的意味。

我注视着的那个黑点，无疑是一处宅院，在飞机下方十公里，但我见了毫无感受。那也许只是一座乡间大别墅，也有两位叔叔在里面踱步，慢慢在一个孩子心中创造出像辽阔大海那样神奇的东西。

我在一万米的高空，发现一个省那么大面积的地方，可是一切压缩得让我窒息。我在空中占的空间，还没有我在那个黑点里占的空间大。

我失去了对内在世界的感觉，我看不见它的存在，但又渴望得到它。这似乎是所有人实现理想的共同办法。

当一次偶然唤醒爱情时，人的一切都围绕这段爱情而展开，爱情会让他意识到内在世界。我住在撒哈拉时，要是夜里阿拉伯人来到我们的篝火旁，警告我们说远处有危险，沙漠就有了内涵，有了意义。这些信使开拓了沙漠的内在世界。悦耳的音乐也有内在世界，老衣柜的气味也是如此，当它唤醒和引发回忆，令人动容时，也就感受到了内在世界。

但我也清楚，人的一切都无法计算，也无法衡量。真正的内在世界是眼睛看不到的，只能用心感受。它的价值和语言无异，因为是语言将事物联系在一起。

从那以后我似乎更明白文明的含义。文明是信仰、风俗和知识的传承，经过几个世纪慢慢积累。文明有时很难用逻辑去解释，但是可以自证，就像道路总能通向某地，这就是它存在的理由。

低劣的文学向我们宣扬逃避的必要。当然，踏上旅途就是去寻找内在世界。但内在世界不会自己无故出现，它是一步步构建起来，逃避是没有出路的。

人们需要四处奔走、高声齐唱或者去战斗，才能感到自己是个人。这样也可让自己和他人乃至世界联系更加密切。但这种联系多么可悲！如果一种文明足够强大，即便人静止不动，也能让人感到充实。

在一座静谧的小城里，下着雨，天色灰蒙蒙的，我看到一位残疾的修女在窗前沉思。她是谁？人们对她怎么样？我可以通过她来判断这座城市的文明程度。我们一动不动时有多大的价值？

祈祷的修士身上有一种分量，当他一动不动地跪在地上时，更彰显人性。当巴斯德在显微镜前屏气凝神时，他的身上有一种分量。那时他不断摸索，匆匆忙忙，迈着巨人般的步伐。虽然一动不动，但他发现了内在世界。塞尚面对自己的草图，沉默不语，一动不动，他是个无法估量的人。当他在沉默、感受和判断的时候，他比其他人都更像一个人。那时他的画比大海还要广阔。

童年住宅打造内在世界，奥尔贡特的房间赋予我内在世界，显微镜下的发现赋予巴斯德内在世界，由诗歌开拓的内在世界，这么多脆弱又美好的财富，只有文明才能给予人类。因为内在世界是精神层面上的，而非视觉上的，没有语言就没有内在世界。

我说的话好像混乱不清，怎样重新组织我的语言呢？庭院里的树木既是承载一家几代人的航船，又是遮挡机枪射击的屏障。轰炸机组沉沉地压在城市上空，人们四处逃窜，就像压榨机里流出的黑色汁液。法国像是一个被捅破的蚂蚁窝，一片混乱。战斗对象并不是实实在在的敌人，而是冻住的踏板、卡住的操纵杆和打滑的螺栓……

“可以下降了！”

我能下降了。我会下降的。我将低空飞过阿拉斯。我的身后有千年文明帮助我，但文明却帮不上任何忙。毫无疑问，还不是要求回报的时候。

我以八百公里的时速，每分钟三千五百三十的转速下降。

我旋转着远离异常鲜红的极地太阳。在我前方底下五六公里的地方，有一大片浮云，它的阴影笼罩着法国的一部分，包括阿拉斯。我想象着这片浮云下的一切都是黑色的，战争正酣、交通堵塞、火灾、物资四处散落、村庄被碾平、混乱……到处混乱。浮云之下，一切在荒诞中惶惶不可终日，就像石头底下的鼠妇。

这次下降像是一种毁灭。我们将不得不在泥泞中行走，回到破烂不堪的野蛮状态。在那下面，一切都在分崩离析！我们就像富有的游客，长期生活在满是珊瑚和棕榈树的国度里。一旦破产，我们回到家乡过起清贫的生活：吝啬家庭的油腻饭菜，兄弟间的激烈争吵，法院执达员对金钱的觊觎，不切实际的幻想，丢人的搬家，高高在上的旅店老板，医院里处境悲凉的人们，最后浑身恶臭地死去。在这里，至少死亡是干净的！是在冰与火中死去。在阳光下，在天空中，在冰与火中死去。但在浮云下，死亡却被泥土吞噬！

第十五章

“朝南航行，上尉。最好进入法国境内再调整飞机的高度吧！”

黑色的道路逐渐变得清晰，我明白了什么是和平。和平就是一切都各得其所。夜幕降临，村民回到家中，稻谷收进粮仓，叠好的衣服放入衣橱。和平时期，我们知道去哪里找东西、去哪里找伙伴，知道晚上在哪里睡觉。啊！当画布被撕毁，当世上没有立身之地，不知道去哪里寻找爱人，当出海的丈夫一去不回之时，和平不复存在。

当每一样东西都有自己的价值和位置，当它们是更宏大世界的一部分时——这就像一棵树吸收地层中的各种矿物质——我们能在它的表面读到和平。

但眼下，我们身处战争之中。

我飞过黑色道路的上空，看到无尽的黑色汁液不断流淌。据说这是在疏散人口，但这么说不对，是人们在自主撤退。逃难有传染性、会令人精神失常。这些流浪者要去哪里呢？他们纷纷向南移动，仿佛那里有吃有住，会有人温柔地迎接他们的到来。事实上，在南方，人满为患，人们只能睡在破棚里，食物也短缺。原本最慷慨的人也会慢慢变得脾气暴躁，因为大批人涌入城内太荒唐了，人潮似乎夹杂着泥沙、慢慢地把他们吞没了。区区一个省，怎么供得起整个法国人民的吃和住？

他们要去哪里？他们自己也不知道。他们走向虚幻的停靠站，却难以到达绿洲，因为这个世界已然没有绿洲了，绿洲已经一个个接连陷落。即便他们到达一个还欣欣向荣的村庄，第一晚他们就会将村里的食物一扫而光，像虫子将骨头上的肉啃个精光。

敌人推进的速度比人们逃亡的速度更快。装甲车在某些地方的速度超过人潮，而人潮会淤积和倒灌。在人潮中还有德国的军队，我们甚至在有些地方看到令人匪夷所思的景象——那些在别处杀戮的德军，在这里却成了逃窜的人群中的一分子。

在撤退的过程中，我们曾经连续在十几个村子里驻扎过。我们也曾浸在这堆缓慢推进的淤泥中穿过村庄。

“你们去哪里？”

“不知道。”

他们什么也不知道，也没有人知道。他们在撤离，但是没有可安身的地方，所有的道路都走不通。但即便如此他们还是在撤离。有人在北方对着蚂蚁窝重重地踩了一脚，蚂蚁四处逃窜。它们不遗余力地逃跑，没有恐慌，没有希望，也没有绝望，就像在履行一项职责。

“谁下令让你们撤离的？”

答案永远是市长、副市长或者老师。凌晨三点，命令毫无预兆地在村子里炸开：

“全体撤离。”

人们都料到了。两个星期以来，他们看着难民经过，不再相信自己的家园能固若金汤。很久之前，人们就结束了游牧生活。他们建造的村庄可以矗立几个世纪。他们造出家具可以传给曾孙们。家族老宅迎接他的出生，见证他的一生，然后像一艘船，把人从河的这头送到那头。可是如今这儿住不下去了！他们不明就里地踏上了逃亡的道路！

第十六章

我们的飞行任务如此沉重！有时一上午的工夫，我们需要侦察阿尔萨斯、比利时、荷兰、法国北部和相关海域。但绝大多数的问题还是出在地面上，我们的视野常常是狭隘的，集中在一个交通堵塞的十字路口上！三天前，我和都泰尔特目睹了自己居住的村子陷落的过程。

我永远也无法摆脱这段可怕的记忆。大约清晨六点的时候，我和都泰尔特跌跌撞撞跑出门，眼前是一片不可言状的混乱。所有的车库、棚子和粮仓把各种各样的发动机、新车和古董车（躺在灰堆里五十年都不用）、运粮的手推车、卡车、马车和翻斗车堵在狭窄的街道上。如果在这个市集上仔细翻找的话，我们甚至能找到古代的驿车！只要是带轮子的东西都被发掘了出来，房子里的宝贝也被收拾一空，勉勉强强地裹在床单里胡乱装上车。

它们本是房屋的门面，是宗教中让人崇拜的对象。每样东西都有自己的位置，在生活中不可或缺，而且充满美丽又无价的回忆。但人们只在意这些物件本身的价格，从壁炉上、桌上和墙上扯下来。可是当它们散乱地堆在一起时，不过是一堆老旧的杂物。虔诚的信物堆在一起，也会显得有些恶心！

在我们面前，有些东西已经开始瓦解了。

“你们真是疯了！发生什么啦？”

咖啡厅的女老板耸了耸肩：

“撤离呗。”

“为什么？见鬼！”

“不知道。市长说的。”

她很忙，说完便快速上楼。我和都泰尔特默默地望着街道。在卡车、小汽车、手推车、马车里，凌乱堆积着床垫和

尤为可怜是那些老汽车。一匹马稳稳地站在车辕间，马不需要零件，三根钉子就可以修好一辆手推车。可是这些机械时代的遗物呢？这些用活塞、阀门、磁电机和齿轮拼凑而成的玩意儿能用到何时呢？

“……上尉，能帮我一个忙吗？”

“当然。怎么了？”

“帮我把车从谷仓里开出来……”

我惊讶地看着她：

“您……您不会开车吗？”

“噢！……到了路上就会开了……那还算简单……”

她带着弟媳和七个孩子……

到了路上！到了路上，她每天要开车二十公里，每两百米就要停一下！每两百米，她要刹车、停车、松离合器、踩离合器、在混乱拥堵的道路上走走停停，直到把一切弄坏为止。汽油会不够，润滑油也是，她还会忘记给汽车加水：

“小心水。您汽车的散热器像竹篮一样漏水。”

“啊！这车有些年头了……”

“您得开上八天……您做得到吗？”

“我不知道……”

不出十公里，她可能会撞上三辆车，弄坏离合器，轮胎爆炸。然后弟媳、七个孩子和她只能抱头痛哭。他们能力有限，面对眼前的问题束手无策，只能坐在路边等待牧羊人的到来。可是牧羊人……

牧羊人出奇的少！我和都泰尔特目睹过羊群，它们能在器械的嘈杂声里出逃。三千个活塞，六千个阀门，这些器械摩擦作响、左碰右撞、散热器里的水都沸腾了。这支逃跑的车队就这样开始艰苦跋涉！这支队伍没有备用零件、没有备胎、没有汽油，更没有机械师。多么荒唐！

“你们不能留在家里吗？”

“啊！我们倒是想留在家里！”

“那为什么还要走呢？”

“有人告诉我们……”

“谁告诉你们的？”

“市长……”

总是市长。

“当然。我们也想留在家里。”

没错。在这里，我们嗅不到一丝恐慌的气息，有的只是盲目追随的氛围。我和都泰尔特趁机开导一些人：

“你们还是把这些东西卸下来吧。这样至少还能喝到家乡的水……”

“这样当然好啦！……”

“你们可以这样做啊！”

我们的说服见效了。一小群人围过来，听我们说话。也有人点头表示赞同。

“……上尉说得有道理！”

几位追随者接替我们宣传。我说服了一个比我还热心的养路工人：

“我一直这么说！一上路我们就只能吃石子儿了。”

人他们热火朝天地讨论，达成共识决定留下来。有几人走到别处去劝其他人，但还是垂头丧气地回来了：

“不行。我们也得走了。”

“为什么？”

“面包师要走。谁来做面包呢？”

村子已然乱了套，到处都是窟窿，一切都从窟窿里漏了出去，没有了希望。

都泰尔特有自己的想法：

“问题是人们听了我们的劝说，相信战争是不正常的。以前他们待在家里，战争和生活交织在一起……”

咖啡厅的女老板又出现了，拖着一个布袋。

“再过四十五分钟我们就起飞了……您还有咖啡吗？”

“啊！可怜的孩子们……”

她擦了擦眼睛。噢！她不是为我们哭泣，也不是为自己哭，她是累哭了。她感到自己被乱哄哄的人潮吞没。每前进一公里，人潮将变得更加混乱。

远处，敌人的歼击机在田野上低空飞行，朝这可怜的羊群一阵乱扫射。但最令人惊讶的是，歼击机的射击并不猛，只有几辆汽车着火了，火势不大，而且没有什么伤亡。这是多余的举动，像是警告，又像牧羊犬在咬羊的腿，催促羊群走快些。歼击机似乎只是在增添混乱而已。但为什么还要进行这样零星的、若有若无的行动呢？敌人要摧毁这支逃亡的队伍并非难事，可他们没有必要这么做。机器总会有损坏的一天，它们是为一个平和、稳定、没有威胁的社会设计的。没有人修理、调节、上油，机器会迅速老化。今晚那些汽车看起来有上千年那么老了。

我仿佛是在给机器送终。

一个人狠狠地鞭打自己的马，像国王一样威严。他高高坐在王位上，满面春风。我估计他可能喝醉了：

“您看起来挺高兴的啊！”

“世界末日到了！”

这些劳动者，之前有一技之长、品格高尚。可今晚，他们不过是些寄生虫和臭虫。我感到十分难受。

他们分散在乡村四处，狼吞虎咽地分食田野。

“谁给你们吃的？”

“不知道……”

上百万的流民，每天前进五到二十公里，如何填饱肚子呢？即使真有这么多补给物，也不可能运到他们手上啊！

眼前混在一起的人流和车辆让我想起了利比亚的沙漠。我和布莱沃曾住在一片荒漠里，地上散落的黑色石块在阳光中闪闪发亮，这是铁皮遍地的荒漠。

我绝望地望着眼前一切：一群蝗虫落在石头上，能活得久吗？

“那你们想喝水怎么办，等着下雨吗？”

“不知道……”

十天以来，村子里陆陆续续来了许多北方的难民。十天来，他们目睹这股难民潮，如今轮到他们自己了。他们在人潮中占了个位子，但却没什么信心。

“我宁愿死在家里。”

“谁都宁愿死在家里。”

这是事实。整个村子就像坍塌的沙堆，成了一盘散沙。

就算法国有足够的补给物资，物资运送会遇到严重的交通堵塞。抛锚的汽车堆在一起，把十字路口堵得水泄不通。我们可以弃车随人流前进，可是如何往回走呢？

“没有物资补给。不然什么都解决了……”都泰尔特对我说。

从昨天起，有流言说政府下令禁止村民疏散。道路严重拥堵，电话线路也不是占线就是断线，天知道这些消息是怎么传播的。下命令毫无意义，我们需要重新创造一种道德。几千年来，男人就知道：妇女和孩童不该遭受战争之苦，战争是男人的事。市长、助理和教师们都非常清楚这条规矩。突然他们收到禁止撤退的命令，让妇女和孩童们留在炮弹轰炸的地区。人的思维方式不会一下子发生大转变，他们或许需要一个月的时间才能适应这个新的时代。然而随着敌人的逼近，市长、助理和老师们还是会把村民们赶到大路上。人们该怎么做呢？真相在哪里？这些没有牧羊人的羊群走散了。

“这里没有医生吗？”

“您不是这个村的？”

“不。我们从北方来。”

“找医生干吗？”

“我的妻子要在马车上临盆了……”

在这厨房的锅碗瓢盆之间，在废铜烂铁的荒漠之中，人好似身处荆棘丛中。

“您事先没预计到吗！”

“我们已经在路上走了四天。”

道路成了一条湍急的河流。在哪里停靠？村庄接连被掠夺一空，仿佛要流进同一条下水道里。

“不，这里没有医生。军队的医生在二十公里开外。”

“啊！好吧。”

男人擦了擦脸上的汗。一切都乱了套。他的妻子将在马路中间堆满厨房用具的废墟里分娩，没有比这更残忍的了。但没人埋怨、因为抱怨毫无意义。他的妻子快死了，他也没有抱怨。就这样，就把这一切都当作一场噩梦吧。

“要是能在哪里停一下就好了……”

在某个地方找到一个真正的村子，一家真正的旅馆，一家真正的医院……但医院工作人员也被疏散了，天知道为什么！这就是游戏规则，而我们没有时间重写规则。找个地方真正地死去吧！但连真正的死亡也不复存在，只剩下散架的身体，和汽车没什么两样。

每个地方都让我感到一种危机，一种已经不再急迫的危机感。人们日行五公里躲避日行一百多公里穿林越野的坦克和时速六百公里的飞机。当瓶子被打翻，饮料也是这样流淌。那人的妻子要分娩了，他没法计算时间。这是急事，也不是急事。它被悬在紧急和永恒中间，保持着不稳定的平衡。

一切都变慢了，就像人临终前的思绪。一大群羊在屠宰场外的碎石地上疲惫地跺着脚。可能有五六万头羊被放出去啃石头吧？这群人在通往永恒的门前直跺脚，既疲惫又心烦。

我实在无法想象他们如何活下去，人又不能吃树叶来填饱肚子。他们也隐约意识到这点，却不惧怕。离开了自己的生活环境、丢掉工作，抛弃责任，他们就失去了任何意义，不再有自己的身份，存在价值微乎其微。他们还自寻苦恼，因为有太多包裹要搬运而伤了腰，有太多包裹散落一地，有太多的车要推着上路。

但他们对失败闭口不谈，因为当自己就是失败时，没有必要评价自己。

我仿佛看到了一幅可怕的画面：开膛破肚的法国必须立即被缝合，一秒钟也不能耽误，不然就没救了……

已经有一堆窒息而死的人，像是离了水的鱼儿。

“这里没有牛奶吗？……”

这个问题真是笑死人了！

“我的孩子从昨天开始就滴水未进……”

那个孩子才六个月大，哭闹得厉害。但哭闹声不会持续太久：离了水的鱼儿……这里没有牛奶，只有毫无意义的废铜烂铁，每多走一公里就变得更加破败，掉了螺母、钉子和铁皮，载着这些难民走上毫无意义的逃亡之路，走向虚无。

有谣言说，敌机用机枪扫射南边几公里远的大路，甚至有人说是轰炸。而我们的确听到了沉闷的爆炸声。看来消息无误。

逃亡的人们并没有停下脚步，他们看起来反而有些激动。轰炸的危险在他们看来，似乎比被废铜烂铁吞没更小。

啊！未来的历史学家会怎样描述这一切，会为这一锅乱粥编造出怎样的意义！他们会引用某位部长的话、某位将军的决定、某个委员会的讨论，加上华而不实的辞藻，杜撰几段负责的、眼光长远的历史性对话，他们会编出一些抵抗、慷慨激昂的辩词和让步、懦弱的言行。而我很清楚一个部门是怎么撤退的。一次偶然的机会，我访问了一个撤退的政府部门。我立刻明白了，一个政府一旦换了地点，便不再是一个政府。就和人体一样，如果你开始拆解人体，胃放这里，肝放那里，肠子放在别处，这就不是一个机体了。我在空军部待过二十分钟，看到部长对传令兵施加的影响，非常神奇的影响。一根完好无损的电话线将部长和传令兵联系在一起。部长只要按一个按钮，传令兵就来了。

这已经很不错了。

“备车。”部长说。

部长的权威到此为止。他把命令告诉传令兵，但后者并不知道这世上是不是还有一辆部长专用车，他无法联系到汽车司机。司机迷失在世界的某个地方。执政者如何看待战争呢？一周内，在没有通讯的情况下，我们要轰炸侦察到的敌方装甲部队。一位执政者从这个开膛破肚的国家里听到怎样的脉搏声？消息以每天二十公里的速度传播，电话不是占线就是断线，已经失去了传递消息的能力，眼下的一切都在土崩瓦解。政府陷入了一片空洞，极地般的空洞。时不时接到一通电话，紧急、绝望却又令人费解，只有只言片语。那些负责人怎么知道一千万法国人是否已经饿死？一千万人的呼唤包含在一句话里。这句话仅是：

“您四点到某某家去。”

或者：

“据说死了一千万人。”

或者：

“布鲁瓦[3]一片火海。”

或者：

“您的司机找到了。”

历史学家会忘记现实。他们会杜撰出有思想的人物，用可知世界的神秘物质加以连接，有理有据。根据笛卡尔的四大规则衡量重大的决定。他们会区分正义和邪恶的力量，区分英雄和叛徒。但我只有一个简单的问题：

“一个叛徒，他得负责管理、做出反应、了解信息，做这项工作无疑需要天分。为什么不表彰叛徒呢？”

---

③ 布鲁瓦（Blois），法国中北部城市，卢瓦尔——谢尔省首府，位于卢瓦尔河流域。历史上曾多次为法国第二都城。

和平已经初露端倪。这不是写在纸上的和平，像历史上战争以签订条约而告终，之后出现的崭新时期。这是一段无名的时期，标志着一切的结束，也是一个不会结束的结束。这是一片沼泽，一步步吞噬你所有的激情。无论结局是好是坏，人们感觉不到结局的临近。相反，人们渐渐陷入了类似永恒的临时状态中。一切都不会结束，因为国家失去了纽带，就像要抓住一个溺水者，得抓住他的头发。一切都已瓦解，费了九牛二虎之力，也只抓到一缕头发，现在的和平并不是人们做出的决定，它像麻风病一样在空气中扩散。

在我的飞机下方，路上的难民队伍东倒西歪，有的德国装甲部队在杀人，有的却给难民们水喝。公路像泥浆地。和平与战争混在一起，把战争泡腐烂了。

我的朋友里昂·魏尔兹在路上听到一件意义重大的事，后来写进了一本书里。道路的左边是德国军队，右边是法国军队，中间是缓慢移动的难民队伍。上百名妇女和儿童努力从着火的汽车中脱身。一名炮兵中尉不小心被卷进堵塞的交通中，他努力架好一门七十五毫米的大炮。敌人冲大炮射击，却扫射到了路上的人群。那位中尉汗流浃背，却仍然努力地完成着他这项不可理解的任务，企图保全这块撑不了二十分钟的阵地（他们只有十二个人），几位母亲向中尉走去：

“走开！走开！你们这些懦夫！”

中尉和他的手下们走开了。当然不能让儿童在路上被屠杀，这不能容忍，但是每个开枪的士兵都有可能击中孩子。每辆前进或试图前进的车，都有可能撞到人群，因为逆流前进，整条路都会不可避免地被堵住。

“你们疯了！让我们过去！孩子们快要死了！”

“我们在打仗……”

“什么仗？你们在哪儿打仗？你们三天才推进六公里！”

这几个迷失方向的士兵不知所措地坐在卡车上，他们几小时前就应该到达预定的汇合地，但如今却深陷在任务中：

“我们在打仗……”

“……你们还是照管下我们吧！太没有人性了！”

一个孩子哭了起来。

“那个……”

那个孩子不哭了，没有奶吃，也没有眼泪。

“我们，我们在打仗……”

他们重复着自己的话，语气中带着令人绝望的愚蠢。

“但你们这样永远也到不了战场！你们就在这里和我们一起等死吧！”

“我们在打仗……”

他们不知道自己在说什么，也不知道自己究竟是不是在打仗，他们甚至从没见过敌人。他们只是驾着卡车追逐着比海市蜃楼更虚无缥缈的目的地，他们碰上了这腐烂的和平。

一切都混乱不堪，他们下了卡车。大家围住他们：

“你们有水吗？……”

他们把水拿了出来。

“有面包吗？……”

他们把面包拿了出来。

“你们就看着她死去吗？”

一辆抛锚的汽车，歪倒在沟渠里，里面有一名妇女喘着粗气。

大家把她救了出来，抬进卡车。

“那个孩子呢？”

他们又把孩子抱进卡车。

“那个即将分娩的孕妇呢？”

孕妇也被安置进卡车。

另一位妇女哭了起来。

经过一个小时的努力，大家为卡车开了一条路。卡车掉头朝南驶去，随着人群流动。士兵信仰了和平，因为他们遇不到战争。

战争的机理是看不见的，每一枪都打在一个孩子身上，打在分娩的妇女身上。试图传递情报或接受命令都是徒劳的，这里没有军队，只有人。

他们信仰了和平，迫于形势当起了机械师、医生、牧羊人和担架队员。他们帮助对机械一窍不通的人们修理汽车。这些士兵不辞辛苦，不知道自己究竟是英雄，还是应该上军事法庭接受审判。他们获得勋章不奇怪；如果有人让他们在墙边站成一排被枪毙，他们也不会气哭；复员也不奇怪。什么都不会让他们感到奇怪。他们早就见怪不怪了。

任何命令、动作、消息的传播距离都不超过三公里。村庄和军用卡车一个接一个地流入同一个下水道，士兵们受到和平的吸引，信奉了和平。他们坦然面对死亡，接受他们需要承担的责任，修理旧推车的车辕。三位修女往车里塞了十二名奄奄一息的孩子，送往无人知晓的庇护所。

阿里亚指挥官将手枪放回口袋，我不会对那些放弃战斗的士兵评头论足。什么风能让他们重振旗鼓？哪儿来的波涛能触动他们？谁能让他们团结一致？他们对这个世界一无所知，除了那些荒唐的谣言。这些谣言传播了三公里，慢慢变成所谓的真相。美国参战了。教皇自杀了。俄国飞机的炮火把柏林变成了一片火海。三天前就签署了停战协议。希特勒登陆英国。

妇女和儿童们没有“牧羊人”，男人们也没有。将军指挥他的传令兵，部长叫来自己的传达员。也许凭借他的口才，能让下属面容失色。阿里亚叫来机组，他可以叫这些人去牺牲。军用卡车上的中士叫来自己手下，一切命令听指挥。假如有一位天才领袖，短短一瞥就能对整体局势了如指掌，并想出万全之策。这位领袖也只能通过一根二十米长的电话线来指点江山，而传令兵就是他用来赢取胜利的一切力量——如果电话线那头还有一个传令兵候着的话。

当这些零零散散的士兵加入七零八落的队伍上路时，他们不过是战争的失业者，脸上没有丝毫爱国败兵应有的绝望。但他们的确隐隐约约地在期盼和平。可是在他们眼里，和平仅仅代表着这场无名混乱的终结，代表着他们可以恢复自己过去的身份，像是一个老鞋匠回想着敲钉子的情景，敲钉子对他而言就是铸造世界。

他们径直往前走，不是因为他们怕死，而是因为这场大动乱使人与人分裂。他们什么也不怕：他们心里是空的。

第十七章

有一条基本法则：失败者不会在原地成为胜利者。当我们说一支军队在撤退之后又奋起抵抗，这只是一种省略的说法，因为当时撤退的那支军队和现在投入战斗的这支军队不是同一支军队了。撤退的军队本质上不再是军队，并不是说这些士兵不配去战斗，而是因为撤退会将人与人之间的物质联系与精神联系切断。把这些撤退的士兵换下来，补充有组织的后备军，才可以抵抗敌人，而撤退的军队需要重新编制。要是没有后备军补上，一旦撤退，军队的士气就会一泻千里。

唯有胜利能让人团结一致，失败不仅会让军队四分五裂，还会造成人自身的分裂。逃兵不会为支离破碎的法国哭泣，因为他们吃了败仗，因为法国吃了败仗——法国不是在他们眼前失败，而是在他们心里失败了。能够为法国哭泣，就已经是胜利者了。

对几乎所有的人——那些仍在抵抗和已经不再抵抗的人——寂静的时刻，战败法国的面容才会显露出来。眼下，每个人都在为一个平常的细节，一个逐渐模糊或渐趋明显的细节而心力交瘁，它可能是一辆抛锚的卡车、一条拥堵的道路、一根卡住的操纵杆或一个荒唐的任务。崩溃的标志就在于任务变得荒唐不已，而抵抗崩溃的行动本身也荒唐不已。一切都在自我分裂，人们不再为普遍的灾难哭泣，只为他们负有责任的、可以触及的东西流泪，可这些东西也在瓦解。崩溃中的法国只是一条充满碎片的洪流，没有一块碎片是有面孔的——这次任务没有、这辆卡车没有、这条路没有、这跟该死的操纵杆也没有。

诚然，溃败是一场令人伤心的表演。底层的人们在垂死挣扎，强盗还是强盗，各个机构土崩瓦解，垂头丧气、筋疲力尽的军队分崩离析。这些是失败带来的效应，就像瘟疫的传播一定伴随着淋巴结炎。但是，如果你爱的人被一辆卡车轧了，你会嫌弃他丑陋吗？

战败的不公之处在于它让受害者看上去反而像是有罪的人。失败如何让人看清牺牲、忠于职守、严于律己和警惕？如何让人看清爱情？失败呈现的只有失去权力的将领、散漫的士兵和消极的人群。有时的确无能，可这种无能说明了什么呢？俄国改变态度或者美国军队介入的消息就足以改变人们的精神面貌，这种共同的希望将他们连接起来。诸如此类的消息，每每就像一股海风，吹散人们心头的疑虑。不能根据战败的一系列效应来评判法国。

我们应该看到法国勇于牺牲的精神，并据此来评判这个国家。法国违背逻辑学家的真理接受了战争。逻辑学家告诉我们："德国有八千万人口，我们不可能在一年内凭空创造出四千万法国人。我们的麦田不能变成煤矿，我们也不能指望美国的援助。德军攻取格但斯克[④]，为什么不让我们去拯救格但斯克呢？即使我们没有能力去拯救，但为什么逼我们自杀来遮羞呢？一个国家生产的麦子比机器多，人口只有别国的一半，这有什么可耻的？为什么我们要感到耻辱，难道不是整个世界都该感到耻辱？”他们说得没错。对我们来说，战争意味着灾难。但是为了避免战败，法国就能拒绝战争吗？我不这么认为。既然一切警告都没能让法国回避战争，说明法国本能也这么想。在我们国家，智慧战胜了聪明。

生活始终在打破各种公式。战败尽管丑陋，但看上去是通往涅槃的唯一路径。我明白，为了种树，我们首先要让种子腐烂。如果第一次的抵抗出现得太晚，那么失败是注定的。但它仍然是抵抗的萌芽，可能会长成参天大树。

法国履行了自己的职责，而世界只是仲裁者，既不合作

---

④ 格但斯克（Dantzig），波兰滨海省的省会城市，也是该国北部沿海地区的最大城市和最重要的海港。

也不战斗。法国接受了战败，眼睁睁地看着自己被沉默掩埋，就好像发动攻击时总要有人打头阵，这些人必死无疑，但为了确保袭击成功，有些死亡是不可避免的。

我们不抱幻想接受了战争，让我们的农民去对抗对方的工人，让我们的士兵以一敌三！我拒绝别人拿战败的丑陋来评判我们！一个接受飞机飞行任务，结果被烧伤的人，人们会以好看或不好看的标准来评价他的皮肤吗？

第十八章

尽管这场战争对我们有不可或缺的精神意义，但战争的过程却很荒唐。我不会为说这句话感到羞耻：从宣战那一刻开始，由于没有进攻能力，我们就一直在等待着敌人把我们消灭掉！

敌人也的确这么做了。

我们用一捆捆没用的麦子对抗坦克。麦捆一无是处，我们确实被击垮了。我们没有军队、没有储备粮、没有通讯、没有物资。

然而我还是沉着冷静地执行飞行任务。我驾着飞机以八百公里的飞行时速和三千五百三十转的引擎速度朝德军俯冲。为什么？吓唬他们！逼他们从我们的土地上撤离出去！

既然我们搜集的情报毫无用处，那么这次任务就漫无目的。

可笑的战争。

我也有些夸大其词了。飞机下降了不少，仪表盘和操纵杆都开始解冻了，飞机能以正常速度飞行了，这意味着我只能以区区五百三十公里的飞行时速和两千二百转的引擎速度冲入德军部队了。很遗憾震慑力不会那么强了。

我们说战争可笑，会有人为此斥责我们。

把这场战争称为“可笑的战争”的人，是我们！我们的确觉得可笑。因为我们要承担所有的牺牲，所以我们有权随心所欲地开玩笑。只要我开心，我和都泰尔特，我们俩都有权对自己的死开玩笑。为什么这些村子燃起了大火？为什么这些人流落乡野？为什么我们能毫不动摇地冲向一个自动屠宰场？

我拥有一切权利，因为此时此刻，我清楚自己在做什么。我接受了死亡的结局，不是风险也不是战斗，而是死亡。我明白了一个伟大的真理：战争，不是接受风险或战斗。在某些时刻，战士需要纯粹而干脆地接受死亡。

这些天，当外国的舆论认为我们的牺牲不够时，我曾注视着那些注定被打败却仍然选择了起飞的机组，扪心自问：“我们还能付出比这个代价更大的什么东西吗？”

我们在奔向死亡。两周以来，已经有十五万法国人丧命。这些人的死亡也许不能说明抵抗是卓有成效的。我也不会为之欢欣鼓舞，这是不可能的。因为有几队步兵在无法守卫的农场里遭到屠杀，空军机组像蜡一样在火中融化。

即使这样，我们第三十三团第二大队为什么还是接受死亡？为了让世人评论吗？评论意味着有人仲裁，而我们怎么能接受将评判的权力随随便便交给任何人？我们认为全世界有一个共同的事业，我们在以它的名义战斗，它不仅关系到法国的自由，还关系到世界的自由，我们认为仲裁者的位置太舒服了，仲裁者应该是我们，是我们第三十三团第二大队。我们只有三分之一的生还可能（这还是简单任务的生还率），但依然一言不发地起飞时，希望不会有人告诉我们，也不有人去告诉那个被弹片毁容的朋友，他一辈子都无法讨到女人欢心，就像监狱高墙后的罪犯一样，躲在丑陋的城墙后，被剥夺了基本的权利。希望不会有人告诉我们说观众们正在评判我们！斗牛士们为观众而活，可我们不是斗牛士。如果有人向奥士德宣布“你该走了，旁观者正盯着你”，奥士德可能会回答说：“错了吧。是我奥士德在望着这些旁观者……”

归根到底，我们为什么还在战斗？为了民主吗？如果我们为民主而死，那我们是民主国家的同盟。让这些国家和我们一起战斗吧！可是那个最强大的，唯一能拯救我们的民主国家，昨天却退缩了，今天还在拒绝承担责任。好吧，这是它的权利。但这意味着我们在为自身的利益战斗。我们知道一切都完了。可我们为什么还要去死呢？

出于绝望？可是绝望并不存在啊！如果你期盼在失败中发现绝望，那你对失败一无所知。

有一种真理比只言片语的智慧更为崇高。它击中我们，控制我们，我能感觉得到，但却不能理解它。有些真理无法用语言来表达，但却显而易见。我不是为了抵抗入侵而死，因为没有避难所可以容纳我和我爱的人们；我不是为了荣誉而死，因为我根本不考虑荣誉这回事；我拒绝评判，我也不是出于绝望而死。不过都泰尔特查看了地图，算出阿拉斯就在那里，约一百七十五度航向，我感觉不出三十秒，他就会对我说：

“航向一百七十五度，上尉……”

我会照办的。

第十九章

“航向一百七十二。”

“收到。一百七十二。”

航向一百七十二，我的墓志铭大概会是：“他的飞行罗盘丝毫不偏离一百七十二度。”这次奇怪的挑战还要持续多久？飞行高度为七百五十米，我们头顶是厚厚的云层，如果飞机再上升三十米，都泰尔特就什么也看不见了。我们只有待在明处，做德国人的靶子。七百米是被禁止的飞行高度，因为飞机会成为整个平原的目标。任何型号的枪炮都可以向我们开火，我们会一直处在所有武器的射程范围内。这已经不是射击，而是像用棍棒捅，仿佛在诱使一千根棍子来打一颗核桃。

我仔细研究过这个问题：绝不能跳伞。受损的飞机向地面俯冲时，在空中坠落的速度远比打开跳伞舱门的速度快，更别提开启舱门要转七下那笨重的手柄。况且全速飞行时，跳伞舱门会变形，开门更困难。

就是这样。总有一天要吞下这帖苦药！仪式并不复杂：航向保持一百七十二度。我就不该变老，孩童时的我多么幸福，但只是说说而已，那时的我当真就幸福吗？我走在老宅的门厅里，保持航向一百七十二度。都怪我的两个舅舅。

如今童年显得格外甜蜜。不仅童年，过去所有的时光都变得甜美了。我远远地望着过去，仿佛望着一片田野……

我还是独自一人。我此刻感受到的，以前也曾体验过。能让我欢乐或者悲伤的事物已经变了，但我的感受还一如往昔。那时我有时幸福，有时不幸，有时挨骂，有时被原谅，有时工作得不错，有时工作得不够好。这要看什么日子……

我最遥远的回忆？我曾有一位来自奥地利蒂罗尔[5]的女家庭教师，她叫宝拉。但这甚至算不上是回忆了，应该算回忆中的回忆。我五岁的时候，宝拉就已经成为了过去，成为一个传说了。有好几年，临近新年的时候，妈妈都会告诉我们："宝拉来信了！"对我们这些孩子来说，这是件喜事。我们甚至都不记得宝拉是谁，可是我们为什么会欢欣鼓舞呢？她回到了蒂罗尔——她的老家，一间埋在冰天雪地中的小木屋。在阳光灿烂日子里，她和邻里一样，坐在房门前晒太阳。

"宝拉漂亮吗？"

"她很有魅力。"

"蒂罗尔天气总是很好吗？"

"是的。"

蒂罗尔天气一直很好。小木屋将宝拉推得远远的，推出

⑤ 蒂罗尔（Tyrol），奥地利西部地区。

门外，推到积雪的草坪上。从我会写字开始，大人们就会让我写信给宝拉。我在信中写道："我亲爱的宝拉，很高兴给你写信……"听起来有点像在做祷告，因为我从不认识她……

"航向一百七十四。"

"收到。一百七十四。"

现在航向是一百七十四了。墓志铭该改改了。生命的片段就这样瞬间涌上心头。这些回忆帮不了事，也帮不了人。我回忆起一种伟大的爱。母亲过去常对我们说："宝拉在信里说，让我替她亲亲你们……"然后她就会替宝拉亲亲我们。

"宝拉知道我长大了吗？"

"她当然知道。"

宝拉什么都知道。

"上尉，他们朝我们开火了。"

宝拉，有人从上方朝我开火！我看了一眼高度表：六百五十米，云层在七百米的高处。好吧，我无计可施。但是在云层下，世界并没有我想象中那么黑暗：它是蓝色的，蓝得很美妙。黄昏将至，整个平原都是蓝色的，有些地方还下起了雨，蓝色的雨……

“航向一百六十八。”

“收到。航向一百六十八。”

现在航向是一百六十八。通往永恒的路真是曲折啊……但是这条路又显得如此平静！世界就像一个果园。刚才它在画面上还是干枯衰败的，但当我低空飞行时，有种亲切感。有孤木、也有小簇丛生。绿色的田野，蓝色的骤雨，红瓦的房屋前站着人。这样的天气，宝拉肯定会赶紧把我们带回屋里……

“航向一百七十五。”

我的墓志铭看起来没那么高贵了：航向保持在

一百七十二度、一百七十四度、一百六十八度、一百七十五度……我似乎十分摇摆不定。噢！我的发动机在咳嗽！它又开始上冻了。我关上引擎盖，该打开后备油箱了，我拉了手柄，我没忘记什么吧？我扫了一眼油压表，一切正常。

“事情有点不妙了，上尉……”

你听到了吗，宝拉？事情有点不妙了。然而我还在讶异天空中的那抹蓝色。真的太美了！如此深邃的蓝。这一排排果树，可能是李子树。我感到自己已融入到这片田园风光中。中间的窗户似乎都不复存在！我是一个翻墙而入的贪吃盗贼，在潮湿的苜蓿地里大步跑着去偷李子。宝拉，这是一场荒唐的战争，一场令人忧伤的、蓝色的战争。我有点迷路了，我进入暮年时发现了这个奇怪的国家……哦不，我并不害怕，我只是有些难过，仅此而已。

“迂回前进，上尉！”

这是一种新游戏，宝拉！右脚踩一下，左脚踩一下，我们躲开了敌人的射击。如果我掉下去，肯定会摔得鼻青脸肿，你一定会用含酊剂的纱布为我包扎。到时我可能会需要大量的酊剂。你知道的，毕竟……夜晚的蓝色太美妙了！

前方不远处，我看到三发分散的子弹，像三根垂直闪亮的长杆，那应该是照明弹或小口径炮弹的尾迹，金光闪闪。在蓝色的夜空中，它们就像三叉烛台中喷出的火花……

“上尉！左边火力很强！斜飞！”

踩一脚。

“啊，情况更糟糕了……”

也许……

情况更糟糕了，而我却置身事外。我拥有自己全部的回忆、储备和爱。还有我的童年，像树根一样隐没在夜色中。我的人生从一段忧郁的回忆开始……情况更糟糕了，可是流星划过时，我预想中的感觉全都没有。

我在一个让我深受感动的国家里。傍晚，骤雨之间偏左的地方有大片的亮光，形成许多彩绘玻璃，我仿佛可以伸手触碰前方两步之遥的美好事物，结着李子的李树，散发着泥土气息的土地。在潮湿的土地上漫步一定很有趣。你知道，宝拉，我慢慢地向前走，左右颠簸，像一辆运粮车。你觉得飞机飞得很快……当然了，想想就知道！但如果你忘记机器的存在，环顾四周，你就只是在田野里散步而已……

“阿拉斯……”

是的，阿拉斯还在远方。阿拉斯不是一座城市，它只是深蓝幕布上的一抹红光。显然，左前方有一场暴雨即将来临，这隐约昏暗的天色不像是黄昏，肯定是漫天乌云让透过的火光如此黯淡……

阿拉斯的火焰越来越旺。这不是火灾的火光。火灾的蔓延就像溃疡，它的四周还有一圈完好的皮肉，而阿拉斯的这一缕红色一直熊熊燃烧着，像微微冒烟的灯火。这团火焰并不紧迫，但很持久，稳稳地立在燃油上。我觉得这团火焰之所以不灭，是因为烧着了一块紧实、沉甸甸的肉。一阵风吹来，它像树一样摇曳。是的……一棵树。阿拉斯就困在这棵树盘根错节的根部。而阿拉斯所有的精华、贮存和珍宝，都转化成汁液，滋养着这棵树。

有时这团火焰不堪重负，失去平衡，向左右倾斜，吐出黑烟，然后恢复原状。但我始终不能辨认出阿拉斯的位置，整场战争被缩小成这一缕火光。都泰尔特从前方看得比我清楚，他说情况更糟糕了。首先令我吃惊的是他平静的语气。这片有毒的平原上，星光寥寥无几。

没错，但……

你知道的，宝拉，在童话故事里，骑士会跨越艰难险阻走向神秘的魔法城堡。他爬上冰川，跨过悬崖，揭穿阴谋诡计，最后来到位于蓝色平原中心的城堡，他以为自己已经胜利了……啊！宝拉，古老的童话不会出错！但这总是最艰难的部分……

就这样，在蓝色天空下，我跑向自己的火城堡，和以前一样……你离开得太早，还不知道我们的游戏，你错过了“阿克兰骑士”。这是我们发明的游戏，因为我们看不上别人的游戏。遇到狂风骤雨时，我们就玩这个游戏：先是一阵闪电，通过花园气息的改变和树叶突然的颤动，我们感觉到大雨即将冲破云层倾盆而下，树木茂密的枝叶好像瞬间变成了轻飘飘的青苔。这是信号……没有什么能阻挡我们!

我们从花园最偏僻的角落出发，穿过草坪，拼命地朝房子跑。最初几滴雨点还稀稀拉拉，但沉沉的，第一个挨到雨点的人就要认输，然后是第二个、第三个……最后的幸存者就是受到了众神的庇护，他刀枪不入！他有资格晋封为“阿克兰骑士”，一直到下一场大雨来临前。

每次玩这个游戏，短短几秒内，许多孩子惨遭屠杀……

我还在扮演阿克兰骑士，慢慢地跑向我的火城堡，气喘吁吁……

可是此时：

“啊！上尉。我从没见过这个……”

我也从没见过这个。我不再刀枪不入。啊！我都不知道原来我还心怀希望……

第二十章

在七百米高空，我仍然心怀希望。面对坦克部队、阿拉斯的火海，我仍然心怀希望，我绝望地希望着。我努力地回忆童年，寻找被神圣力量保护的感觉。可是成人就没有人保护了，一旦成年，就要自生自灭了……但是有一个万能的宝拉紧紧牵着的小男孩，谁能伤害他呢？宝拉，我借用你的影子作为我的盾牌……

我想尽了一切办法。当都泰尔特对我说："情况更糟了……"我只把这当作威胁而已。我们在战斗，战争总得有战争的样子。当战争爆发愈发频繁时，它也慢慢变得没那么可怖："这就是阿拉斯的死亡威胁？别搞笑了……"

死刑犯以为刽子手是个面色惨白的机器人，然而出现的却是一个普通的老实人，会打喷嚏，甚至会微笑。死刑犯努力抓住这丝微笑，仿佛这是根救命稻草……可这只是一根虚幻的稻草。虽然刽子手打喷嚏，但他还是会砍下犯人的头。但怎么能放弃希望呢？

我怎么会不误解这种状况呢？一切看上去都那么亲切和蔼、淳朴优美，湿漉漉的石板和屋檐上闪着的柔光，时间一点点地流逝，什么也没有改变，也没有必要改变。都泰尔特、机枪手和我都不过是田野中的漫步者，慢慢地往回走，也不用竖起衣领，因为雨差不多停了。既然在德国防线的中心地带，没有什么好说的，也没有绝对理由让人相信前方的战斗会是另一个模样。敌人似乎分散在田野四处，也许一栋房屋里或是一棵树上就有一个敌方士兵，其中一人偶尔想起战争就会放上几枪。上级对他三令五申："你要对着飞机开枪……"但他走神了，随意打出三发子弹。以前晚上我就是这样打野鸭的，只要步散得愉快，我不在乎野鸭。我边聊天边打上几枪，鸭子一点也不受惊扰……

人们对想看的东西总能看得特别清楚，一个士兵瞄准了我，但没有信心，打偏了。其他人放过了我。此刻，那些本想放倒我们的人可能正愉快地大口呼吸着夜晚的空气，或点着香烟，或刚讲完一个笑话。其他驻扎在这个村子里的人，或许正拿着饭盒去盛汤，突然听到一声巨响，然后又归于平静。是友军还是敌军？他们没时间去想，只是紧盯着手中逐渐盛满食物的饭盒：他们放过了我。我双手插兜，吹着口哨，尽量装作若无其事地穿过这个禁止通行的花园，每个值班人员都指望着别人会管，于是放过了我……

我是如此脆弱！而我的脆弱对他们来说也是一个陷阱："急什么？后面自然会有人把他打下来……"那还用说！"你去别处找死吧……"为了不错过盛汤，不打断一个玩笑，或者仅仅为了呼吸夜晚的空气，每个人都指望别人。于是我利用他们的疏忽，只用一分钟就拯救了自己。我开始有点指望，躲过一个个人，一个个分队，一座座村庄，飞完全程。说到底，我们只是夜色中经过的飞机……不会有人抬头看！

当然，我希望能回去。同时我知道会有什么事情发生。你被判刑，但监狱是沉默的，你依赖着这点寂静。每一秒都和上一秒无异，谁也不能说下一秒世界将改变，改变世界的任务对这一秒来说太沉重了，过去的每一秒都在拯救这沉默，然而沉默似乎已成为永恒……

熟悉的脚步声传来。

田野中的宁静被打破了，就像看上去已经熄灭的木柴突然燃烧起来，迸发出一串火花。春天来临，百花齐放，可是为什么枪炮突然迎来了春天？为什么如暴雨洪流般的炮火在铺天盖地地涌向我们？

一开始，我怪自己粗心大意，搞砸了一切。可当平衡岌岌可危时，只需要一个眼神，一个手势就足以破坏它！登山者的一声咳嗽，就能引发雪崩。现在雪崩了，一切无法挽回。

我们步履沉重地走进黑夜中的蓝色沼泽。我们打破了沼泽的宁静，沼泽释放出成千上万的金色气泡。

一群杂技演员刚进了场，朝我们投掷成千上万的弹药。一开始我们以为这些炮弹是不动的，因为炮弹的角度没有变化，就像技巧纯熟的杂技演员缓慢抛球。透过一片寂静，我看到发光的眼泪。杂技演员表演时周围也是一片寂静。

机枪大炮一阵连续快速的射击，发出成百上千个闪着磷光的枪弹或炮弹，连续不断，像成串的念珠。上千串念珠向我们抛过来，线都快要拉断了，当它们到达我们的高度时才一一爆炸。

实际上，从侧面看，那些没有打中我们的子弹速度惊人，它们不是泪珠，而是闪电。这时我发现自己淹没在麦秆色的弹道中，在密集的长杆群中央被无数根针尖威胁。整片平原和我有千丝万缕的联系，在我周围织起一张闪光的金丝网。

啊！俯视大地时，我发现一层层发光的枪弹像雾气一样缓慢地上升，就像谷粒缓慢地打着旋：人们打麦子时，脱落的麸皮就是这般飞舞的！当我平视前方时，看到一根根长矛！是枪弹吗？不！我受到冷兵器的攻击！我只看到刀光剑影！我感觉……这不是危险！我陷入珠光宝气中，头晕目眩！

“啊！”

我从座位上弹起二十厘米。飞机像是被羊角撞了一下，要被撞裂了，要散架了……不……不……我觉得飞机还是听我使唤的，这不过是第一波连串射击而已。我没有看到爆炸，爆炸的烟雾肯定与灰暗的大地混为一体，看不清楚。

场面一发不可收拾。

第二十一章

俯视大地时，我没有注意到我和云层之间的空间在逐渐扩大。曳光弹射出小麦色的光芒：我怎么会知道它们在到达顶点之后，竟会投射出这些深色物体，就像打钉子一样？我发现这些物体已经堆积成金字塔状，摇摇欲坠，像浮冰一样缓缓地向后偏转。在这种情形下，我感觉自己一动不动。

我很清楚这些金字塔刚刚落成，便已耗尽自己的能量。子弹只在十分之一秒内握有生死大权。趁我不注意，子弹便将我团团围住。

沉闷的爆炸声连续不断，被发动机的轰鸣声掩盖，这让我产生一种寂静的幻境。我什么也感觉不到，等待的空虚感在心中扩散。

我想……我还是想："他们打得太高了！"我还遗憾地转头望向后面的一群猎鹰，它们离我而去。但我们还是毫无希望。

之前打偏了的枪重新瞄准了我们，在我们所处的高度上铸造铜墙铁壁。每门炮在短短几秒钟内，就用炸药筑起一座金字塔。一处消失，又立刻在另一处筑起金字塔。敌人的枪弹不是在追我们，而是在包围我们。

"都泰尔特，还远吗？"

"……如果我们能再撑三分钟，应该能挺过去……但是……"

"也许能挺过去……"

"不可能的！"

灰暗的夜晚，这群野兽来意不善。平原是蓝色的，蓝得过分，像海底一般的深蓝……

我还能指望苟活多久？十秒？二十秒？爆炸引起的震动

不停地摇晃着我。近处的爆炸就像乱石坠入翻斗车一样，砸在飞机上，发出整齐一致的音乐声。还有奇怪的叹息声……那是没打中的子弹，听起来像闪电声。子弹离目标越近，声响越大。有几声震耳欲聋，说明弹片砸到机身上了。捕食的野兽若要杀死一头牛，不会撞倒它，而是会将爪子深深嵌入牛的皮肉中，不用撕拉就能捕获牛。那些子弹也是这样嵌入飞机，仿佛嵌入猎物的肌肉中。

“受伤了吗？”

“没有！”

“喂！机枪手，受伤了吗？”

“没有！”

这些冲击都不算什么。它们在飞机外壳上重重地敲打着。虽然它们不会击穿油箱，但可以刨开我们的肚子，肚子本来就是一只鼓。身体，谁会在意！它不重要……这真是出人意料！

对身体，我有两句话要说。日常我们对显而易见的东西视而不见。只有在紧急情况下，才会注意到那些显而易见的事情。比如上升的光亮，枪弹的袭击。总之，必须搭建好这最后的审判台，人才会幡然醒悟。

换衣服时，我在思忖："生命的最后几秒是怎样的？"生活不断打破我的幻想。但这一次，我可算是光着身子任凭一个狂怒的笨蛋殴打，甚至没法弯一下手肘来护脸。

我用血肉之躯做过一个试验。我不得不采用自己身体的视角来叙述。人对自己的身体多么操劳费心！人要给身体穿衣、洗漱、打扮、剃须、补水和喂食，人把自己的身体等同于家宠。我们要陪着它去裁缝店，去医院，见外科医生。我们同它一起受苦、哭泣、去爱。我们认为身体和心灵是一体的。如今这种幻觉破灭了。我们并不在乎身体，仅把它看作奴仆。在怒火中烧时，爱意满溢时，深仇积恨时，这种亲密关系变破裂了。

你的儿子困在火里了？你得去救他！没人拦得住你！你会引火上身，但却毫不在意。你将自己的血肉，随意地抵押给了别人，你发现自己并不看重那些令你操心的东西。一旦遇到困难，你舍得把肩压垮！你做什么事，就是怎样的人，你的行为就是你。你的身体属于你，但不再是你。你要向前冲吗？没人能以危险为理由控制你。你要怎么做？要置敌人于死地。你要怎么做？救儿子。你把自己卖了，也不觉得失去了什么。你的四肢？只是工具而已。你用自己的死换来敌人的亡，儿子的重生，疾病的治愈和你的发现创造（如果你是个发明家）！军团里的一位同僚受了重伤。表彰词是这么说的："那时他对侦察员说：'我完了。你走吧！去抢救文件！……'"唯一重要的事只有抢救文件，拯救孩子，治愈疾病，消灭敌人和发明创造！这是你的义务、你的仇恨、你的爱、你的忠诚、你的发明，你的存在意义重大，但也找不到别的东西。

火不仅会烧毁肉体，也会毁灭人对身体的崇拜。人不再计较得失。如果他死了，那不是离去，而是融合了。他没有迷失自我，而是找到了自我。这绝不是道德家的愿望，而是一个普通的真理，一个日常的真理，只是表面被每日的幻觉掩盖了。当我穿飞行衣，为自己的身体担惊受怕时，怎会想到我是为一些废话白操心？每个人都要交出自己的躯体，那时才惊讶地发现自己对身体毫不在乎。诚然，平时生活中，没有急事找我，当我存在的意义没有受到威胁时，我想不到什么比我的身体更重要。

我的身体啊，我一点也不在乎你！我已经将你驱出体外，没有任何希望，也没有任何牵挂！直到这一秒，我否认自己过去的一切。那时想的不是我，那时害怕的不是我，而是我的身体。磕磕绊绊地，我总归是带着它来到这里，但我却发现它一点也不重要。

我人生的第一课是十五岁时学到的。数天以来，我的一个弟弟病入膏肓。一天早上四点钟，他的护士叫醒我。

“你弟弟叫你。”

“他不行了吗？”

她什么也没说。我赶紧穿好衣服，来到弟弟身边。

他用平常的语气说道：

“我想在死前和你说说话。我要死了。”

一阵痉挛使他全身抽搐，话也说不下去了。他摆了摆手表示“不”。我不懂他的手势，我以为弟弟不愿意死。但是等他平静下来，他对我说：

“别害怕……我不难受，也没有不舒服。我没法阻住自己这么做，这是我的身体。”

对他来说，自己的躯体很陌生。

弟弟迫切地想安排身后事，他郑重其事地对我说：“我要立一份遗嘱……”他脸红了，显然他为自己做事像个成年人而自豪。假如他是塔楼的建造者，他会把继续建造塔楼的工作托付给我；假如他是一位父亲，会把儿子委托给我抚养；假如他是一位空军飞行员，会把飞行记录委托我保管。但他只是一个孩子，能托付的只有一架蒸汽发动机，一辆自行车和一把短枪。二十分钟后，弟弟就去世了。

人不会死。人原以为自己害怕死，因为人害怕意外、害怕爆炸、还害怕自己。死亡呢？不怕。当我们面临死亡时，死亡就不复存在了。我弟弟对我说："别忘了把这些都写下来……"当身体凋零时，人的本质才显现出来。人不过是各种关系的连接，只有联系对人是重要的。

身体像一匹再也走不动的老马时，人就会抛弃它。谁在死的时候还想着自己呢？那样的人我从没见过……

"上尉？"

"什么？"

"太棒了！"

"机枪手……"

“呃……是的……”

“怎么……”

一阵摇晃，我的问题还没问出口。

“都泰尔特！”

“……尉？”

“被打中了吗？”

“没有。”

“机枪手……”

“嗯？”

“被打……”

我好像猛地撞上了铜墙铁壁。我听到：

“啊！啊！啊！……”

我抬头看天，估量我们和云层之间的距离。显然，我越是想斜线向上望，那些黑色的棉絮堆积得越紧密。垂直向上看，好像没有那么密集。我们头上仿佛戴着一顶黑色的皇冠。

我的大腿肌肉常常力量惊人。我使出足以破墙而出的力气，狠狠地踩了一下踏板。飞机突然滑向左边，嘎吱嘎吱地作响。皇冠滑向右边，我将皇冠从头上摇落，躲过了炮弹，它打在了别处。我发现火花在我们的右边累积，徒劳地爆炸。还没等我踩踏板让飞机向右移动，黑色皇冠又压在我们的头顶，飞机又一次陷入枪炮的泥潭。我再一次用尽全身力气，几乎踩碎了踏板。飞机朝反方向盘旋，更准确地说是朝反方向侧滑（正确盘旋是不可能的！），皇冠挪到了左边。

继续玩吗？这个游戏是玩不久的！我拼命踩几下踏板，但都是徒劳，子弹似洪流再次出现在前方，黑色皇冠再次出现。我的肚子也感到了震动。如果我往下看，会发现一群子弹正瞄准我缓慢上升。我们还完好无损，简直难以想象。此时我发现自己刀枪不入，就像一个胜利者！我一直都是胜利者！

“被打中了吗？”

“没有……”

他们俩也是刀枪不入，都没受伤。他们都是胜利者，我是一个胜利者机组的首领……

对我们而言，接下来的每一次爆炸都不是死亡威胁，只会让我们变得更加英勇。每次，在十分之一秒内，我想象着飞机会灰飞烟灭。然而它仍然听从我的控制，我就像勒马一样，稳稳地握住缰绳。于是我放松了不少，并暗自窃喜。我没有时间害怕，巨大声响只引起我肌肉收缩，我如释重负地松了口气。我应该先是感到吃惊，然后是恐惧，接着是放松。想想吧！没有时间了！我感到紧张，然后感到轻松，少了恐惧。我不是活在等待下一秒的死亡中，而是活在上一秒的重生中。我开始感受到一种不可思议的、意料之外的快乐……仿佛每一秒我的生命都会重生，仿佛每一秒我的生命都会更加敏感。我活着，我是活的，我还活着，我一直活着，生命让我陶醉。有人说这是对战争的狂热……对我来说是对生命的狂热！喂！下面朝我们开炮的人，他们知道自己其实在锤炼我们吗？

机油箱和汽油箱全被打穿了。都泰尔特说：“完了！往上飞！”我目测了一下与云层的距离，然后让飞机上仰飞去。我再次让飞机左右盘旋，同时看了一眼地面。我不会忘记这个场景，整片平原上都是噼噼啪啪作响的光束，肯定是快速炮。巨大的蓝色水族箱里无数水泡不断浮出水面。阿拉斯这团火焰变成暗红色，依靠地下矿藏不断燃烧。人类的汗水、发明、艺术、回忆和财富都和上升的火舌融合在一起，化为灰烬，随风飘逝。

我已经碰到云层最下方的薄雾了。我们周围还有飞腾的金箭，从下方戳破云层的肚子。云层将我团团围住，我透过最后一个洞看到了最后一个场景。有一秒钟，我看见阿拉斯的火焰，在黑夜中像是幽深神殿中的一盏长明灯，用于祭祀，但代价不菲。明天这团火焰就会把一切吞没、烧毁。我把阿拉斯的火焰作为证据带走了。

“还好吗，都泰尔特？”

“还行，上尉。航向两百四十度。二十分钟以后我们就可以钻出云层，到塞纳河上方再定位……”

“还好吗，机枪手？”

“呃……是的……上尉……还好。”

“没吓坏吧？”

“呃……没……没有。”

他什么也不懂，但兴致很高。我想起加瓦尔的机枪手。一天晚上，在莱茵河上空，八十台作战探照灯用光束包围了加瓦尔。在一片枪林弹雨中，加瓦尔听到他的机枪手在低声自言自语。（送话器并不是很私密。）机枪手在给自己打气：“嘿！老伙计……嘿！老伙计……我们能脱离险境的……”那个机枪手兴致很高。

我慢慢地呼吸，胸腔鼓鼓的。呼吸真是桩美事。还有许多事情等着我去弄明白……但首先我想到的是阿里亚指挥官。不。我首先想到的是农场主。我要问他仪表的数目……哎！还能怎么样！我还有一系列想法。一百零三。还有……汽油量表，机油压力表……油箱都被打坏了，我最好时时观测这些仪表！我就是这么做的。橡胶保护层还是好的，这可真是个不错的改进啊！我还观察方向仪：这片云不适合飞行。这是一片雷雨云，正狠狠地摇晃着飞机。

“我们还不能下降吗？”

“再过十分钟……最好再等上十分钟……”

那我就再等十分钟吧。啊！是的，我想到了阿里亚。他真打算再见到我们？一天我们迟到了半个小时。一般来说，半个小时是很严重的迟到了……我跑着归队，整个军团正在吃晚饭。我推开门，跌倒在阿里亚旁边的座位上，那是我的座位。当时他正用叉子卷起几根面条，准备送入口中。我把他吓了一大跳，他停下来，目瞪口呆地望着我，面条悬在空中。

“啊！……嗯……很高兴看到您！”

他将面条送进嘴里。

在我看来，阿里亚指挥官有一个严重的缺点，他死皮赖脸地要飞行员收集的情报。这次回去，他也会问我的。他会十分耐心地望着我，等待我向他复述第一手情报。他会准备好纸笔，不漏掉任何一点细节。这让我想起年轻的时候：“圣·埃克苏佩里考生，您怎么求伯努利方程[⑥]的积分？”

“呃……”

伯努利……伯努利……我一动不动地呆坐在那里。在老师的注视下，我像一只身体被大头针固定住的昆虫。

在任务中收集情报是都泰尔特的事。他垂直向下观察，

---

⑥ 伯努利方程（Equation de Bernoulli），丹尼尔·伯努利在1726年提出了“伯努利原理”，其实质是流体的机械能守恒，即：动能＋重力势能＋压力势能＝常数。伯努利原理往往被表述为 $p+1/2\rho v^2+\rho gh=C$，这个式子被称为伯努利方程。

能看到很多东西。卡车、驳船、坦克、士兵、加农炮、马匹、车站、车站里的火车、车站长。而我是倾斜着观察，看到的是云层、大海、河流、山脉、太阳。我只能看个大概，有个总体的印象。

“长官，您知道飞行员……”

“看！看啊！我们总能看到一些东西。”

我……啊！大火！我看到了大火。这有点意思……

“不。全烧毁了。有什么别的吗？”

为什么阿里亚如此残忍？

第二十二章

这次，他还会问我吗?

这次执行任务的经历没法写在报告中。我就像一名高中生，在黑板前“绞尽脑汁”想解题方法。我会显得很不幸，但事实并非如此。我的不幸已经结束了……当第一波炮弹没有打中我时，我的不幸就结束了。假如我早一秒钟掉头飞，我还不知道自己会怎么样。

我可能会错过涌上心头的幸福感。我踏上了回家的道路，像一个家庭主妇，刚刚买完东西，心里还惦记着晚上的饭菜。我拎着菜篮子左右摇晃，偶尔掀开盖篮子的报纸：该买的都买了，没有忘记什么。我将在众人面前露一手，想到这里，我笑了，多逛了一会儿，又扫了一眼货架。

如果都泰尔特不强迫我住在这座白色监狱里，我会很高兴地去购物，去田间漫步。还是耐心一点吧，这里的风景是有毒的，一切似乎都在密谋着什么。外省的城堡，里面略显奇怪的草坪和十几棵修剪整齐的树木，在天真的少女眼里像是个朴实无华的首饰盒，其实是战争的陷阱。低空飞行，招来的不是友好的问候，而是炮弹的袭击。

虽然现在我还在云层中飞行，但我终究会回去。指挥官的话挺有道理："你们到右边第一条路的拐角处给我买些火柴……"我的内心很平静，因为火柴在我的口袋里。或者更确切地说，在我同事都泰尔特那里。他如何回忆起看到的一切？那是他的事儿，而我在思考正经事。等我们着陆后，如果不用再次匆忙转移，我要向拉克尔戴尔发起挑战，切磋棋技。他讨厌输棋，我也是，但我会赢的。

拉克尔戴尔昨天喝醉了，至少……有一点儿吧，我不想阴损他。他是借酒消愁，然后就醉了。他在降落时忘记放起落架，着陆时机身擦地，阿里亚当时也在场，他忧郁地望着飞机，但什么也没说。我仿佛看到了拉克尔戴尔，他是名老飞行员。他等待着，甚至是期待着阿里亚的斥责，因为一顿痛骂会让他感觉好受一点，他还能借此反唇相讥，释放怒火。但阿里亚只是摇了摇头，心里想着飞机，对拉克尔戴尔视而不见。对指挥官而言，这场事故只是日常事故，只不过是最资深的飞行员分心时会犯下的愚蠢错误，现在不公平地发生在拉克尔戴尔身上。撇开这个差错不谈，拉克尔戴尔的飞行技术无懈可击。阿里亚只在意有没有受害者，所以没有责怪他，只是机械式地询问他飞机受损的程度。我感到拉克尔戴尔怒火中烧。人类的心理活动往往深不可测，如果你亲切地把手搭在施刑者肩上，对他说："这个可怜的受刑人……嗯……他一定很难受……"这只温柔的手会激怒施刑者，他会怒视受刑人，甚至后悔没有了结了他。

就这样，我回到了家。第三十三团第二大队就是我的家，我理解家人。我不会骗拉克尔戴尔，他也不会骗我，我们同舟共济："我们是第三十三团第二大队的人！"哈！就这么一喊，所有人又团结了起来……

我想到了加瓦尔和奥士德，我和他俩也并肩作战过。我想：加瓦尔是哪里人？他对乡下的事物好像很了解。我不由想起一段温暖的回忆。我们驻扎在奥尔贡特的时候，加瓦尔和我一起住在农场里。一天他对我说：

"农场主宰了一头猪。她邀请我们去吃猪血香肠。"

于是我们三个人都去了：我、伊斯莱尔和加瓦尔。我们大口咀嚼着外壳香脆的猪血香肠。农场主给我们倒白葡萄酒。加瓦尔对我说："我买了这个送给她，让她高兴高兴。你得签个名。"那是我写的一本书。我一点也不觉得尴尬，愉快地签上了名。伊斯莱尔在装烟斗，加瓦尔挠着大腿，农场主高兴地收到一本有作者亲笔签名的书。猪血香肠香气扑鼻，我喝着白葡萄酒，有了醉意，但我却并不觉得自己是个外人，尽管我刚刚在一本书上签了名——以前我觉得签书很可笑。虽然我写了这本书，但我既不以作者，也不以旁观者自居，我是书里的人物。伊斯莱尔友好地看着我签名，加瓦尔还是大大咧咧地挠着大腿，我感受到一种无声的认可。这本书原本可赋予我旁观者的身份，但我不以学者或见证者自居，我是他们中的一员。

我一直有些害怕证人这个工作。如果我置身事外，我是谁？为了证明自己存在的价值，我需要参与其中。战友的品质给予我养分，可是品质并不自知，倒不是谦虚，是漠视。加瓦尔从不自命不凡，伊斯莱尔也是。他们与工作、职业和责任联系在一起，和这块冒烟的猪血香肠交织在一起。有他们的陪伴，我很满足。我可以默不作声地喝着白葡萄酒，可以肆意在书上签名，没有什么可以破坏我们的兄弟情谊。

我这么说不是在毁谤学者的观点或意识的胜利。我钦佩那些明白事理的学者。但如果一个人缺乏实质，那人成了什么呢？我在加瓦尔、伊斯莱尔和纪约姆身上都找到了实质。

我从写作中得到不少益处，比如一种我可以随意处置的自由：如果我在军队工作不顺心，我可以退出做其他的事情，但我还是带着些许恐惧拒绝了这种益处。这种自由不存在，只有义务能让人成长。

在法国，我们差点被没有实体的聪明坑害。加瓦尔就是其中一个。他敢爱敢恨，他既追求享乐，也爱抱怨，他是各种社会关系的集合。此刻我在他对面品尝着酥脆的猪血香肠，也体会这个职业带给我的责任与义务。我爱第三十三团第二大队，不是观众欣赏一场表演的喜爱，而是因为我是第三十三团第二大队的一员，它养育了我，我得回报它。

现在我从阿拉斯回来了，感受到前所未有的归属感，我与它多了一道联系。我的集体荣誉感更强了，这种情感需要静静体会。伊斯莱尔和加瓦尔也许经历过更凶险的境况。伊斯莱尔已不在人世。但是今天散步，我本是回不来的。今日的散步让我更有权与他们同桌，和他们一起沉默。但这份权利的代价是高昂的，但很值得，因为这是“存在”的权利。这就是我为什么能够毫不尴尬地在书上签名……这没有任何损失。

可想到等会儿指挥官向我提问，我可能会结结巴巴答不上来，我一下脸红了，十分难为情。指挥官会觉得我有点蠢。之所以在书上签名这种事情不会让我尴尬，是因为即使我辛苦地写了许多书，但它们并不能将我从难为情中解脱出来。难为情不是我要玩的游戏，我不是怀疑论者，会主动服从某个催人泪下的习俗。我不是一个在假期假扮农民的城里人。我在阿拉斯上空再次为我的虔诚寻找证据，全身心投入到这场历险中，奉献自己的一切，遵守游戏规则，只为让它不再是一个规则。我获得了等会指挥官询问我时发呆的权利、身体力行的权利、与人联系的权利，心灵相通的权利，接受和给予的权利，超越自我的权利、达到内心满足的权力，体会同僚情谊的权力——这种爱不是来自外界的冲动，它也从不追求表达，除了在那些告别晚宴上。那时你有点醉了，乘着酒兴向别的宾客倒去，就像一棵沉甸甸的果树。我对军团的爱无需表达，它由各种联系组成，它就是我的本质。我属于军团，就是这样。

我想着大队时，不能不想到奥士德。虽然我会觉得自己有点可笑，但我还是想讲述一下他在战斗中的英勇表现，这和勇气无关：奥士德为战争付出了所有，他可能比我们所有人都做得更好。奥士德始终处于这种状态，让我难以望其项背。我换衣时会咒骂，但奥士德不会。他已经到达我曾想到达的境界。

奥士德原本是下士，最近被提升为少尉。他文化水平不高，不懂得如何表达自己的想法。但他饱受锤炼、经历丰富。对奥士德，责任这个词无需赘言。大家都愿意像奥士德那样勇于承担责任。在奥士德面前，我会责备自己轻易放弃、粗心大意、心慵意懒，尤其是时不时会冒出怀疑思想。这不是美德的标志，而是嫉妒的标志。我希望像奥士德那样活着。一棵根茎健壮的树很美，奥士德的恒心也很美，他绝不会让人失望。

我不会提及奥士德的战斗任务。他是自愿的吗？我们都是自愿接受一切任务，但奥士德是发自内心的自愿。他“就是”这场战争。每当有敢死任务时，指挥官理所当然地立刻想到奥士德：“那么，奥士德……”投入战斗的奥士德，像是沉醉在信仰中的僧侣。他为什么战斗？他为自己战斗。奥士德融合在某种需要拯救，也有自身意义的实体中。这时，生和死对他而言已经没什么不同了。可能他自己都不知道，他并不害怕死亡。继续，继续……对奥士德来说，生与死已经融为一体。

让我感到疑惑的是，当加瓦尔想向他借秒表测量速度时，奥士德十分焦虑。

“中尉……不……我很为难。”

“蠢货！我不过借十分钟做个校准！”

“中尉……中队仓库里有一个。”

“是。但六个星期以来，它就一直停在两点零七分了。”

“中尉……秒表，是不能借的……我不能把它借出去，这是我的……您不能强迫我！”

森严的军规和等级制度可以要求奥士德在火海中跳机，奇迹般的生还后，立即坐上另一架飞机，执行下一项出生入死的任务……但不能要求他将宝贵的计时器交给不知爱惜它的人。这只表花了他三个月的军饷，每天晚上，他都要小心翼翼地给它上弦。看看这些人手舞足蹈，就知道他们不懂得爱惜表。

奥士德成功地夺回了自己权利，将秒表捧在胸前，走出中队办公室，余怒未消。我真想拥抱奥士德，我发现了他的珍宝。他会为自己的表战斗，于是表幸存了下来。他将为自己的国家捐躯，他的国家能够幸存下来。这一切都和奥士德的存在有关。他与这个世界有着千丝万缕的联系。

所以我爱奥士德，但用不着告诉他。我失去了最好的朋友纪约姆，他在一次飞行任务中牺牲了，我不想谈论他。我和他飞的是同一条航线，完成的是同样的任务。当他牺牲时，我的一部分仿佛也随他而去。纪约姆是我沉默时的同伴，我属于纪约姆。

我属于纪约姆、属于加瓦尔、属于奥士德、属于第三十三团第二大队、属于我的国家。军团里所有人都属于这个国家……

第二十三章

我变了许多！阿里亚指挥官，这些天，我很悲伤。这些天，装甲车部队长驱直入，第三十三团第二大队二十三个机组牺牲了十七个。我们好像接受了死亡，只为完成龙套工作。啊！阿里亚指挥官，我很悲伤，我错了！

我们恪守着模糊不清的责任，您本能地激励我们，但目的已不再是要我们打胜仗（这是不可能的），而是让我们成长。您和我们一样清楚，得到的情报并没有人接收。但您在拯救一些仪式，其力量是隐藏的。您一本正经地问我们坦克基地、驳船、卡车、车站和车站里的火车，仿佛我们的报告能派上用场。在我看来，您甚至像一个信仰不纯的革命者：

“怎么会呢！怎么会呢！我们从驾驶座能看得很清楚。”

然而，您说得也有道理，阿里亚指挥官。

当我飞越阿拉斯上空时，看到飞机下的人群，我将他们写进报告中。我只和我为之奉献的人连在一起。我只了解我爱的人。泉水滋养我的根茎时，我才存在。我属于这群人，这群人也属于我。如今我从云层中钻出，快速接近他们。我就像一个牧羊人，只要一眼就能清点羊的数量，将它们集合起来，团结在一起。这群人不再是一群人：他们是人民。我怎么会失去希望呢？

尽管失败让人意志消沉，但我仍然心怀深深的欢欣之情，就像刚刚领受圣事出来。虽然任务没有完成，但我却像一个胜利者。哪个执行任务归来的同志不觉得自己是个胜利者？佩尼格上尉向我讲述了他今天上午的飞行："当我发现一架自动机枪瞄得特别准，我就调头全速俯冲过去，用机关枪连续射击，将这团红光消灭干净，就像风吹灭蜡烛一般。十分之一秒后，我驾着飞机像旋风一般冲向敌军……敌军被炸开了锅！机枪手们溃不成军，到处乱窜。我就像在打保龄球。"佩尼格笑了，得意地大笑起来。佩尼格，胜利的上尉!

我知道这次任务会让加瓦尔的这名机枪手面貌一新。他在夜色中被八十台探照灯团团围住，像参加军人的婚礼，通过由剑组成的夹道。

"您可以将航向调整至九十四度了。"

都泰尔特刚刚在塞纳河上空定位。我将飞机下降到一百米左右的高度，地面仿佛以五百三十公里的时速朝我们奔涌而来，带着矩形的苜蓿地和麦田，还有三角形的森林。我看到河水的冰面融化，感到一种奇怪的愉悦感。当我斜飞时，塞纳河出现在我眼前，河水打着旋，我感觉十分快乐。我稳稳地坐着，现在仍是飞机的主人，飞机的油箱还能撑住。我要和佩尼格打扑克，赢他一杯酒，然后下象棋击败拉克尔戴尔。我是胜利者时，就是这样。

“上尉……他们开炮了……我们飞到禁区了……”

航向是他计算的，我很无辜。

“火力猛吗？”

“他们倾尽全力……”

“我们往回飞吗？”

“哦不……”

他的语气充满绝望。我们都知道洪水，防空炮火对我们来说只是一场春雨。

“都泰尔特，你知道……在家门口被打下来太丢人了！”

“不会打下来……这是让他们操练一下。”

都泰尔特很悲伤。

我不觉得悲伤，反而很幸福。我喜欢和自家人说话。

“呃……是的……像……”

哈，他还活着！我发现我的机枪手从不主动表明自己的存在。在整个任务期间，他从不需要和人交流。除了在枪炮最猛烈的时候喊出“啊！啊！啊！”的声音。无论如何，这不是掏心窝的话。

现在他的专业派上用场了：机枪。专家谈到自己的专业就会滔滔不绝。

我不能把飞机领域和土地领域进行对比。我刚才带着都泰尔特和机枪手超越自己的极限。我们看到火海中的法国和波光粼粼的大海，我们在高空中变苍老，俯身眺望远方，仿佛在眺望博物馆的橱窗。我们在阳光下和敌机扬起的尘土对抗。然后我们又俯冲，朝火焰扑去。我们牺牲了一切，然后学到原本要沉思十年才能体会到的东西。最后我们飞过已建成十年的修道院。

眼下我们正在飞越这条通往阿拉斯的路，可能会再次遇到逃亡的车队，他们最多前进了五百米。

他们有的人将一辆出故障的汽车推进沟渠，有人给汽车换轮胎，有人坐在车里一动不动，敲着方向盘，等待道路疏通。与此同时，我们到达了中转站。

我们大步迈过了失败。我们就像经历艰辛的朝圣者，尽管人还在沙漠中奔波，但心已经到达圣城。

夜色将零乱的人群赶进不幸的栅栏里。人挤在一块儿，他们在冲谁尖叫呐喊呢？但我们向同志跑去，好像去参加一个节日。一个简单的棚屋，远远看去亮着灯，都能将最艰辛的冬夜变成圣诞夜。我们在那儿会受到热烈欢迎，边吃面包边聊天。

今天我经历的事够多了：我很幸福，也很疲惫。我要把千疮百孔的飞机交给机械师。我要脱掉沉重的飞行服，虽然天色已晚，不能和佩尼格喝一杯了，但我还是和大家一起吃了晚饭……

我们迟到了。有些迟到了的战友不会回来了。他们迟到了吗？太迟了。他们太不幸了。夜色将他们包裹在永恒中。晚饭时，军团会清点阵亡人数。

逝者在人们的记忆里会美化，人们会记得他们云淡风轻的微笑。但这种好处我们宁愿放弃。我们会像坏天使或者偷猎者，偷偷摸摸地突然出现。指挥官会停止吞咽手里的面包，看着我们，说不定还会说："啊！你们来了……"战友们一言不发，甚至都不看我们一眼。

以前我对伟人不太敬重，我错了。这些人是不会老的。阿里亚指挥官！那些回来的人同样是纯洁的："你来了，你是我们的一员……"克制让大家不约而同地保持沉默。

阿里亚指挥官，阿里亚指挥官……我体会到你们之间的团结，就像盲人享受着火焰。盲人坐在火前，张开双手，他不知道快乐来自哪里。我们完成任务归来，准备接受一种陌生的回报，而这种回报就是爱。

我们不知道这就是爱。平时我们想到的爱充满混乱和激情。但这谈的是真正的爱，促使人成长的各种联系。

第二十四章

我问农场主仪表盘的数量。他回答我说："我根本不懂您那一套玩意儿。仪表盘肯定少了几件，至少那些可让我们打胜仗的仪表盘少了。您和我们一起吃晚饭吗？"

"我已经吃过了。"

但他非要我坐在他侄女和女主人中间。

"侄女儿，往旁边坐一点，给上尉腾个位子。"

我发现自己不仅和战友们紧密相连，通过他们，我和祖国联系在了一起。爱一旦发芽，便会一刻不停地生根、抽枝。

农场主在一片沉默中给大家分发面包。他一直在为生计发愁，神情肃穆。他仿佛是在主持宗教仪式，这也许是他最后一次给大家分面包了。

我想到周围的农田，它们为面包提供原料。尽管我们不想看到那些全副武装、吵吵嚷嚷的人，但明天，敌人就会攻占这些田地！土地如此广阔，以至敌人占领此处时，就像无垠田野中一个孤零零的哨兵，迷失在广阔的田野里，成为田埂上的一道灰色标记。表面上没有任何痕迹，但一个迹象就足以说明有关人的事已经发生了改变。

吹拂庄稼的风很像轻抚海面的风，但吹拂庄稼的风似乎更加强劲，因为它在巡视一份祖业，它是未来的保障，是对爱人的轻抚，是发间温柔的小手。

明天，这些小麦就不一样了，它不再是一种食物。养育人与喂养牲畜不一样。面包太重要了！通过分享面包，我们知道面包是建立人类大家庭的一个媒介。用汗水换取面包，我们了解到耕作的伟大。在贫困时分发面包，我们学会了同情。与人分享的面包是世界上最美味的食物。然而眼下，这个精神食粮，来自这片麦田的精神面包，岌岌可危。明天农场主分发面包时，也许就没那么隆重了。明天，面包或许无法让人们眼中燃起和今天同样的光芒了。有的面包就像油灯里的油，油会变成光的。

我看着农场主美丽可爱的小侄女，对她而言，面包是上天的恩泽，带着忧郁，它带来廉耻心，带来温柔的沉默。但是同样的面包，只要田埂上出现一道灰色标记，明天就算它点燃同一盏灯，恐怕也发不出同样的光芒了。面包的本质发生了改变。

我努力抗争，是为拯救人类的食物，更是为了维系那道光芒。我努力抗争是为了一种独特的光芒，它能让家家户户衣食无忧。而这个神秘的小女孩最打动我的并不是她的外表，而是她脸上的线条。这就像看书不是看书页，而是体会书中的诗意。

她感到有人在看她，抬头对我笑了笑……好像易碎的水面上拂过的一阵轻风。她的表情让我有些困扰。我感觉到她独特而神秘的灵魂，体会到一种平和，我对自己说：“这是有序的、静谧的平和……”

我看见麦子闪着光芒。

侄女的脸庞显得更加光滑细腻，表情神秘莫测。女主人环顾四周，叹了口气，没有说话。在一片寂静中，每个人的内心财富和村庄的祖产都在遭受着战争的威胁。

我有一种奇怪的感觉，自己要对这些看不见的宝藏负责。我离开了农场，步子很缓慢。我担负着这份责任，虽然沉重，但更温柔，就像一个在怀里熟睡的孩子。

我曾答应要和我的村庄谈谈，可我现在却无话可说。几个小时前，当我焦虑的心情平复时，我想到了树，现在的自己就像一个牢牢结在树上的果子。此刻我觉得自己和军团里的每个人都联系在一起，我是他们中的一员，而他们也是我的一部分。当农场主分发面包的时候，他不是在给予，而是在分享和交换。虽然他和我们分享食物，但他没有变穷，反而变得更加富有：因为面包上多了一种集体感，所以更好吃了。而今天下午，我为军团那些人执行军事任务时，我什么也没给他们，我们大队也没什么给他们。我们需要为战争而死。我明白了为什么奥士德对打仗毫无怨言，只像村子里的一名铁匠。“您是谁？我是村子的铁匠。”铁匠快乐地工作着。

当他们绝望时，我仍然心怀希望，但我和他们没什么不同，我不过是他们希望的一部分。诚然，我们已经输了，但现在一切还未尘埃落定，一切还在崩溃中。但我依然感受到胜利者的平静。我的话自相矛盾？我不在乎。我和佩尼格、奥士德、阿里亚和加瓦尔一样，无法用言语表达胜利的感觉。但我们感到自己身负责任，没有人在背负责任时感到绝望。

失败、胜利，我不擅长运用这些公式。但我知道有的胜利能振奋人心，有的胜利会挫伤士气。有的失败让人气馁，有的失败让人清醒。生命不是以状态，而是以步骤来决定的。我唯一无法质疑的胜利就孕育在种子里。种子埋进广阔的黑色沃土中，已算是胜利的种子，但需加以时日见证它成为麦穗。

今天上午这还是一只溃败的部队和一群慌乱嘈杂的人群。如果这群人思想一致，便不会四分五裂。工地上如果有一个人，就算只有一个人想着建一座教堂，那么工地上石头四处分散也只是表象。如果散乱的泥土能为一粒种子提供庇护，我就不用为它担心。种子会破土而出、茁壮成长。

陷入沉思的人会变成一粒种子，发现证据的人会扯住每个人的袖子，向他们展示证据，发明家会立刻大肆宣扬自己的发明。我不知道奥士德这样的人会说什么或做什么，但这不重要，他的信念会在周围扩散开来。我看清胜利的要义：谁只想在建好的教堂里当圣器管理员或制椅工人，已是一个失败者了。谁心中有建造教堂的蓝图，已是一个胜利者了。胜利是爱的果实，爱能辨认出有待塑造的脸庞，爱让人朝那个脸庞走去。聪明为爱服务才有价值。

雕塑家重视自己的作品，就算不知道如何雕刻也不要紧，捏了又捏，错了又错，克服一道道困难，他通过不断地塑造手中的黏土，完成自己的创作。聪明和判断都不是创造。如果一个雕塑家只有技巧和才智，就缺少天才般的创造力。

我们对聪明才智的误解太久了，忽略了人的本质，以为普通人拥有精湛的手艺就可以完成伟大的事业，以为狡诈的自私可以鼓动牺牲精神，以为干涸的心灵可以通过几句话建立情谊或爱。我们都忽略了雪松的种子只会长成雪松，荆棘的种子只会长成荆棘。从此以后，我不会用公式去评判一个人。言语的保证和行为的方向一样，容易让人上当。我不知道回家的人是走向争吵还是走向爱。我会问自己：“他是怎样的人？”这样我就知道他会做什么，去向哪里。总而言之，每个人会去自己应该去的地方。

种子接受到阳光，破土而出。纯粹的逻辑学家若没有阳光指引，只能淹没在问题的海洋里。我记得敌人给我上过的一课，装甲特遣队要选择哪个方向封锁敌人的后方？敌人不知道。装甲特遣队应该是什么样的？这个装甲部队既然遇到的是堤坝，应该有大海的力量。

我们该做什么？做这个，或者相反的事，抑或是其他，这些都不能决定未来。“我们该成为什么”才是关键的问题，因为只有智慧滋养才智，拥有才智才能创造出作品。为了建造第一艘船，人该做些什么？公式太复杂了。归根结底，需经过成百上千次的困难摸索，这艘船才能问世。但这个人，他该是什么样的人？他得是个商人或者士兵，出于对遥远土地的爱，才能吸引机械师和工人来建造他的船！如果想让一整片森林消失该怎么做？啊！这太难了……应该是什么呢？应该是火灾！

明天，我们将步入黑夜。希望白天再次来临时，我们的祖国仍然还在！怎么做才能拯救我们的祖国？如何想出一个简单的解决办法？必须做的事情是彼此矛盾的。拯救精神财富很重要，没有它，民族出不了天才。拯救民族很重要，没有它，所有的精神财富都不复存在。逻辑学家缺少一种语言来兼顾这两种拯救，不免要牺牲灵魂或是牺牲肉体。但我不理会逻辑学家。我希望白天再次来临时，我的祖国——在精神和肉体上——仍然还在。为了祖国的利益，我必须怀着爱国之情，时时刻刻朝这个方向前进。这样当大海波涛汹涌时，我不会找不到路。

我毫不怀疑自己的祖国会得到拯救。我更加理解盲人与火的故事了。如果盲人向火走去，那是因为他需要火，火支配了他的行动。所以当雕塑家捏黏土时，他已经胸有成竹。我们也是一样，我们已经感受到彼此的温暖，这说明我们已经是胜利者了。

我们不可忽视群体。为了和它站在一起，我们当然要表达出来。这需要在思想和言语作出努力。为了不让实体受损，我们不应跌入逻辑陷阱，被逻辑绑架和论战空谈。首先，我们要全盘接受自己。

所以我从阿拉斯回来后，仿佛受到了启发，在乡村宁静的夜晚里，靠着墙思索，开始给自己制定永不会背弃的简单规则。

既然我是集体中的一员，那么无论集体做什么，我都不会否定它，也不会在别人面前宣扬对集体不利的言论。只要需要为集体辩护，我就一定会去做。如果集体让我蒙羞，我会把这份羞耻埋在心里，保持沉默。无论我对集体有什么想法，我都不会做别人的证人。做丈夫的不会挨家挨户地告诉邻居们，他的妻子是个荡妇，这样做不能挽回自己的名声，因为妻子是他的家人。他不能通过贬损她而让自己变得高尚。他只有回到家，才有表达愤怒的权利。

虽然失败会让我出丑，但我从不推卸自己的责任。我属于法国。法国培养了的雷诺阿[7]、帕斯卡尔[8]、巴斯德、纪约姆和奥士德这样的人，也造就了许多不学无术的人、政客和骗子。但在我看来，宣布自己是某一类人，而和另一类人撇清关系，这种做法未免太过粗暴简单。

失败导致分裂，失败会否定曾经的努力，招致死亡威胁。我不会加剧分裂，把灾难的责任推给意见不一的战友，因为这种没有法官的官司一无是处，我们每个人都是失败者：我失败了，奥士德也失败了。奥士德绝不会将责任推给他人，他对自己说："我，奥士德，法国人，我成了弱者。奥士德的法国成了弱者。我因为法国成为弱者，法国也因我成为弱者。"奥士德很清楚，如果他不与同伴一起战斗，那么荣耀就只属于他一人。那他就不再是某家族、某个大队、

⑦ 雷诺阿（Renoir），法国印象画派的著名画家、雕刻家。

⑧ 帕斯卡尔（Pascal），法国数学家、物理学家、哲学家、散文家。

某个国家的奥士德了，他只是站在一片荒漠里的奥士德。

如果家人让我蒙羞，我可以回击，因为家和我本就是一体的。但如果我拒绝被羞辱，家庭就会分崩离析。我可以做一个光荣的孤家寡人，但这比死亡更无用。

为了证明自己的存在，首先要负起责任。然而过去几个小时里我什么都看不见，心中十分悲伤。但现在我明白了，自从认识到自己属于法国，我不再埋怨其他法国人，也不再认为法国可以抱怨这个世界，每个人都要对一切负责。法国曾经对整个世界负责，她为这个世界提供了一个共同的标尺，一个让世界联合起来的标尺。法国曾扮演着调和世界的关键作用，如果法国保持自己的风貌和光芒，世界可以效仿法国一起战斗。我不再责备这个世界，如果世界缺少灵魂，那么法国就有责任充当灵魂。

法国本可以号召其他国家。我们第三十三团第二大队曾作为志愿军先后参加了挪威战争和芬兰战争。对我们的战士和士官来说，挪威和芬兰代表着什么？我觉得他们仿佛是因为糊里糊涂地吃了圣诞节的某道菜肴而死。对味道的执着，似乎足以说服他们去牺牲。如果我们就是这个世界的圣诞节，那这个世界会通过我们得到拯救。

建立世界人民的精神同盟不会给我们带来什么好处。但是我们建立这个同盟，可以拯救世界和我们自己。我们差点就完成了这个任务。每个人都要对一切负责，每个人都是唯一的负责人，每个人都是唯一的人选。我第一次明白了一个宗教秘密，我所属的文明来自宗教："背负人类的一切原罪……"每人都背负着所有人的一切原罪。

第二十五章

谁说这是弱者的法则？指挥官是将一切责任全揽在肩头的人。他会说："我被打败了。"而不是说："我的士兵们被打败了。"真正的男人就会像他这样说话。而奥士德则说："我有责任。"

我明白羞辱的意义。羞辱不是贬低自己，而是行动的原则。如果我想宽恕自己而将不幸归咎于命运，那么就是向命运屈服。如果我将不幸归咎于背叛，那么就是向背叛屈服了。但对我犯下的错误负责，这是我作为人的权利。我是人类大家庭的一员，我会为它贡献自己的力量。

我心中有个人，我要把他打倒才能让自己成长。我必须经历这个艰难的旅程，才能辨清心中要打倒的人和自己想要成为的人。我不知道心中的这个人是怎样的，但我对自己说：个体不过是一条道路，而选择路的人才是最重要的。

我不再满意论战中的那些真理。指责个人有什么用？它们不过是道路和途径。机枪上冻，我不再责备官员的疏忽，友邦不来支援，我也不再说他们自私自利。失败当然表现为个人的失责，但文明会塑造人。如果自己所属的文明由于个人的失责受到威胁，我有权问自己，为什么这个文明没有塑造出另一种人？

一个文明就像是一种宗教，抱怨信徒的懒惰就是承认自己的无能。文明应该激发信徒们的热情。同样，与其抱怨非信徒，不如去改变他们的意志。过去，我们的文化经历了考验，点燃了信徒的热情，推翻了暴力统治，解放了被奴役的人民。如今它既不能激励人，也不能感召人。如果我想要弄清失败的根源，获得复活的雄心，首先得找回自己的热忱。

文化和小麦一样，小麦养育人，而人类通过播种拯救了小麦。人们重视麦种的贮存，一代代不断延续下去，和祖业一样。

如果我想拯救一类人，传承他们的技术，我还要拯救他们所建立的原则。

我保留了自己的文化形象，却失去了承载它的规则。今晚，我发现自己过去使用的词句都没有触及到事物的本质。我以前宣扬民主，却从不觉得我所说的人类品质和命运不是一整套规则，不过都是我的祝愿罢了。我祝愿人们博爱、自由、幸福，当然了，谁不这么想呢？过去我只知道说明人必须“怎样”，而不会去想说明人应该“是谁”。

过去我用含糊的语言谈论人类大家庭，好像我影射的气候并不是特定社会结构的产物，似乎我引用的是一种自然证据，但它绝不是自然证据。法西斯军队，奴隶市场都是人类大家庭的一部分。

这个人类大家庭，我以前不是以建设者的身份住在里面。我享受它的和平、宽容和幸福，但我对它一无所知。我只是以圣器管理员或者制椅工人的身份居住下来，是一只寄生虫，一个失败者。

轮船上的乘客也一样。他们乘坐轮船，却不会付出，他们在轮船的客厅里继续赌博，他们不知道船体不断地承受海水的重压。如果风暴摧毁了船只，他们有什么资格抱怨呢?

如果每个人都一蹶不振，如果我被打败，我能指责什么呢?

有一个共同的尺度可以衡量我眼中的文明人应该具备的品质。有一块基石支撑着人类建立起的大家庭。有一条原则，一切靠它生根发芽、抽枝结果。那是什么呢? 那是埋在人类沃土中的一粒强劲有力的种子，只有它能让我成为胜利者。

我在这座村庄里度过了奇怪的一夜，似乎明白了很多事情。寂静是一种绝妙的品质，周围一片寂静，哪怕再微弱的响声，比如钟声，也能充满整个空间。一切对我来说都不陌生：牲畜的呻吟、遥远的呼唤、关门的声音，一切都发生在我身边。这是一种转瞬即逝的感情，我得尽快领悟其背后的意义。

我对自己说："这是阿拉斯的炮火声……"一整天我都待在室内，不停地唠叨，这就是个体。但出现了一个人，他代替了我，仅此而已。他望着流离失所的人群，他看到了人民，他的人民。人，是人民和我共同的尺度。所以当我跑向军团时，仿佛是奔向一团火焰。"人"透过我的眼睛在看——"人"是战友们共同的尺度。

这是个信号吗？我相信信号已经来了……今晚，一切都心照不宣。任何声音在我听来都是一条信息，既清楚又模糊。我听到一个平静的脚步声响彻黑夜：

"嘿！晚上好，上尉……"

"晚上好！"

我不认识他。一声"嘿"就像两艘渔船相遇，渔夫相互打招呼一样。

我再次体会到一种神奇的亲近感。今晚，我身体里的"人"还在不停地清点同胞的人数。人，是人民和民族的共同尺度……

那个人，带着忧虑、思考和希望回家了。他搂着自己的货物，沉默不语。我本可以和他说说话的。我们可以在白色的乡间小道上，说说各自的回忆，就像从岛上归来的商人们，见了面就交换财宝。

在我的文明中，和我不一样的人并没有伤害我，反而丰富了我。我们的团结促成了人类大家庭。在第三十三团第二大队，我们夜晚的讨论不会损害，只会加深我们之间的情谊。因为谁都不喜欢听自己的回音，看镜子里的自己。

同样，法国人和挪威人因为人性而团结在一起。人性让他们团结，也让他们传承各自的习俗，而不引起冲突。树也是通过与根并不相像的枝叶来示人的。因此，如果我们写关于雪的童话，在荷兰种郁金香，在西班牙即兴跳弗拉明戈舞，则丰富了我们自身。这也许能解释为什么我们愿意为挪威而战……

眼下，我似乎走到漫长朝圣路的终点。但我什么也没有发现，好像刚刚睡醒，只看到了一些以前我看不到的东西。

我的文明基于个体对“人”的崇拜。几个世纪以来，我的文明都在寻找人的意义，就像学习让我们辨别石头和教堂，它宣扬的是人比个人更重要……

因为在我的文明中，人性不是以人作为标准，而是人以人性作为标准。人和所有的事物一样，有些东西不能用构成部件解释。一座教堂显然和一堆石头不一样，它包含几何学和建筑学，石堆无法定义教堂，而教堂以自身的意义丰富了石堆的内涵，这些石头成为教堂的石头，才有了意义。教堂的兽形排水管也有了意义，光芒四射。

但是，慢慢地，我忘记了自己的真理。我一度以为“人性”是人的缩略，就如而石头建筑是石头的缩略，我混淆了教堂和石堆。人们应该恢复人性，它是文化的精华，是人类大家庭的钥匙，是胜利的准则。

第二十六章

强迫每个人服从固定的规则，建立社会秩序，是很容易的。摆布一个对主人俯首称臣或受古兰经约束的人，也是容易的。但是成功的要求更高，要解放人，又要求人懂得自持。

但什么是解放呢？我在沙漠里放了一个人，这个人没有任何感觉，那他的自由有什么意义呢？某个人走向某地才算得上自由。解放一个人，应该教他什么是渴，如何寻找通往水井的路。只有告诉他解决问题的步骤，才是有意义的。如果没有重力作用，那解放一颗石头是没有任何意义的。因为就算你解放了它，它哪儿也不会去。

我追求的文明超越个人，在崇拜的基础上建立人际关系，让每个人面对自己和他人的行为时，不盲目服从清规戒律，自由地去爱。

解放石头的地心引力是看不见的，解放人的爱是看不见的。我的文明试图让每个人变成同一位君主的使者，它把个体看作道路或使命，并为自由指引方向。

个人应该牺牲自我保全集体，但这绝不是什么愚蠢的算术，事关对人的尊重。事实上，我的文明的伟大之处在于，一百名矿工应该冒生命危险救一名被掩埋的矿工。他们救的是人。

经过这一系列的思考，我明白了自由的意义。它是一棵树，在土壤上茁壮成长。它是人类积极向上的气氛；它就像一阵顺风，帆船依靠顺风才能在大海上自由航行。这样培养出来的人才拥有树的力量。凭借盘根错节的根，还有什么地方是他到达不了的？还有什么养分是他吸收不了的？他将在阳光下绽放光彩！

第二十七章

一切都被我浪费了。我浪掷文明的遗产，任凭人的观念腐烂。

我的文明努力挽救个人崇拜以及这种崇拜所建立的人际关系。“人道主义”的一切努力都只是为了实现这个目标，人道主义唯一的使命就是阐明并延续人高于个人的观念，宣扬人的重要性。

但谈到“人”时，语言往往显得很笨拙。“人”和人们不同，如果你只谈石头，那就没有谈及教堂的本质。如果我们试图用人的品质来定义“人”，那没有说清人的本质。人道主义工作就是在一条死胡同里推进，它试图通过逻辑和道德论证来定义人的概念，并将这个概念植入人们的意识中。

没有任何语言可以取代心领神会，本质的一致也无法用语言表达。如果我想引导人们去爱一个国家或一份产业，却没有任何论据去感化他们，这是文明忽略的部分。产业包括田野、牧场和牲畜，任何一种产业都能让人富有。但产业中有些东西已经不能单纯地用物质来衡量。有些农场主出于对产业的爱，宁愿倾家荡产也要保住它。恰恰是这些东西让产业有了特殊价值，牲畜、牧场和田野才有了价值。

因此我们也应该成为一个国家、一个职业、一种文明、一种宗教的一部分。但要成为它们的一部分，首先我们要发自内心去相信它们。如果人本身就不爱国，语言并不能改变这一点，嘴上说说是远远不够的，必须要行动。信仰来自行为王国，而非语言王国。我们的人道主义忽视了行为，所以失败了。

基本行动有个代名词，叫做牺牲。

牺牲不意味着截肢或苦修，它本质上是一个行为，为自己的信仰无私奉献。要了解一个产业，需要为它牺牲、战斗和努力，让它变得更加美好。产业并不是利益的总和，这样想是不对的，它应该是心血的凝聚。

人们和“人”，在英文里不过是有一个字母的区别。终有一天，我们会滑到危险的边缘，将人看作是人的平均或集体的象征，就像将教堂与石堆混为一谈一样。

我们逐渐丧失了文明的遗产。

我们不去肯定个人的权利，却开始谈论集体的权利。我们不知不觉中引入一个漠视个人并强调集体的道德标准。这种道德标准可以清楚地解释为什么个人必须为集体牺牲，但无法解释为什么集体要为某一个人牺牲。为什么值得牺牲一千个人来拯救一个人的生命。我们还记得这类事，但在逐渐淡忘，但是道德标准正是我们与蚂蚁的不同之处。

由于缺少有效方法，我们已经从以人为基础的人道主义变成以人群为基础的蚁群。

渐渐地，我们忘记了人，道德局限在个人问题上。我们要求个人不能伤害他人，一块石头不去损害另一块石头。当然当石头散落在地上时，互不相干，但它们可以用于修建大教堂，教堂的建立赋予它们意义。

我们始终宣扬人人平等。但是忘了什么是人，我们谈论的事情一无是处。因为不知道以什么为基础建立平等，我们提出了一个模糊的言论，还不知如何实施。从个人层面上，智者和野兽，白痴和天才之间，如何定义平等？在物质层面上，如果妄图定义并实现平等，让所有的物体拥有完全相同的地位，起同样的作用，这荒唐至极。这不是平等，只是在追求“相同”。

我们始终在宣扬自由。但是当我们不记得什么是“人”的时候，自由是模糊的肆意妄为，仅限于别人犯下的错误。这没有实际的意义，因为没有一个行动不涉及其他人。我是一名士兵，如果自残，肯定会被枪毙。不存在个人行为。无论谁退出，都会对集体造成伤害。无论谁伤心，都会感染其他人。

我们行使这样的自由，会引发不可调和的矛盾。由于不知道在哪种情况下我们的权利是正当有效的，什么情况下它失去效力，为了维系模糊的原则，我们虚伪地闭上了眼睛，漠视社会给我们的自由设置的重重障碍。

确保施舍公允的不是个人好恶，而是社会。个人尊严要求他的身份不因别人的慷慨而有减损。有钱人拥有自己的财产，却还要穷人感激他们，这是自相矛盾。

但是受人误解的慈善甚至背离了原来的初衷。慈善基于对个人的怜悯，不允许我们去惩罚。真正的慈善是对人的崇拜，超越个人。但我们有必要与个人抗争，以寻求发展。

我们就这样失去了人性。而失去人性意味着我们放弃了文明中宣扬的手足之情，大家只是在某个事物面前是兄弟，不是纯粹的兄弟。分享不意味着手足情谊，这种情谊和牺牲相关，和超越个人的奉献有关。但这种情谊混同为一种无需回报的退让时，我们所谓的手足情谊不过是相互容忍而已。

于是我们不再奉献。但是如果我什么都只考虑自己，也就得不到别人的馈赠，因为我没有创造任何属于自己的东西，我什么都不是。如果有人要求我为利益而死，我会拒绝。生死比利益更重要。什么样的冲动能让我不惜去死呢?人会为一座房子而死，而不会为房子里的物体或几堵墙去死。人为一座教堂而死，而不会为了一堆石头去死。人会为民族而死，而不会为一群人去死。如果他是集体的基石，会为人的爱而死。人们只会为赖以生存的东西去死。

我们使用的词汇似乎一成不变，但是我们说的话已变得毫无意义，还引发了不可调和的矛盾。但我们选择对这些矛盾视而不见。由于不知道如何搭建，我们将石头散落在地上。我们谨慎地谈论集体，但不敢明说谈论的内容，那么讨论不过是空谈。集体不凝聚在一处，集体这个词就没有意义。数量不能引起质变。

如果我们的社会还有可取之处，如果人还保留着些许声望，那么我们无知背叛的、真正的文明还在我们身上闪耀光芒，拯救我们。

我们的敌人怎么会理解我们都不再理解的东西呢？他们只把我们看作一堆杂乱的石头。既然我们忘记了人的定义和集体的概念，敌人们尝试着给集体一个意义。

一部分人一下子就轻松地从逻辑上得出极端的结论，并将这个结论当作准则。每块石头都是一样且完全独立的。无政府主义铭记对人的崇拜，并严格地应用在个人身上，由此产生的矛盾比我们现有的矛盾更加可怕。

另一部分人在田间收集这些杂乱的石头。他们不满意现有的规则，鼓吹群众的权力。个人虐待群众固然不能容忍，但群众碾压个人也不能容忍。

还有一些人将这些没有意义的石头占为己有，拼凑成一个国家。这样的国家不会让人进步，它不过是一种拼凑，将集体的权力集中在一人手里，即一块石头的统治。这块石头凌驾于众石之上，还声称自己与其他石头别无二致。这个国家明确宣扬一种集体道德，但我们至今仍拒绝。由于我们忘了人性，于是慢慢地向这样的道德靠近。

新宗教的信徒反对让许多矿工冒着生命危险去救援一名被埋的矿工，因为会有人受伤。如果一名重伤员拖累了部队，他们会结束他的生命。这些信徒用算术计算大家的利益，指挥大家的行动。因此他们也失去了超越自我的机会，并且憎恨异己。因为他们什么也没有，一切外来的习俗、种族、新思想对他们来说都是一种冒犯，他们没有能力吸收新鲜事物。要把人的品质转化为自己的品质，并不意味着割爱，而是要确定志向、认准目标、发挥潜能。内化往往也意味着解放。教堂聚集一堆石头，而石头在教堂建造的过程中获得了意义。但一堆石头吸收不了任何东西，因为它没有吸收能力，只会重重压在别人身上。事实就是这样，但这是谁的错呢?

显而易见，石堆比一堆杂乱无章的石子有分量。

但我才是最强大的。

如果我不迷失道路，就是最强的。如果我们的人道主义挽回了人，如果我们懂得建立一个集体，并在建立集体中使用唯一有效的工具——牺牲，那么我们的文明便不是我们利益的总和，而是我们心血的总和。

我是最强的，因为树木比土壤更强大。树木会吸收土壤中的营养，茁壮成长。教堂比一堆石头更有意义。我之所以是最强大的，是因为我的文明有唯一的能力，将不同的力量团结在一起，让自己拥有取之不尽用之不竭的力量。

临行之际，我希望奉献前可以先得到些什么，然而我的希望是徒劳的。就好像可悲的语法课，我们必须先付出才能得到回报，就像我们必须要先建房子才能住进去。

我用热血表达我的爱，就好像母亲用奶水表达她的爱。这是一个谜。我们必须牺牲才能建立爱，然后爱会促成其他的牺牲，战无不胜。人总是要迈出第一步，先生而后存在。

我执行任务归来后，和农场主的侄女很熟络。我很熟悉她的微笑，透过她，我看到了我的村子。通过村子，我看到了我的国家，通过我的国家，还看到其他国家。因为我所属的文明，选择人作为基石。我所属的第三十三连第二大队，愿意为挪威而战。

明天，阿里亚可能会让我执行另一项任务。今天我换上飞行服，为看不见的神效劳。阿拉斯的炮火击穿机身，我看到了，大队所有人都看到了。如果我在黎明起飞，我会明白我为什么还在战斗。

但我希望记住自己看到的一切。我需要归纳成一个简单的信条，便于记忆。

我将为人而非个人而战。

我认为普遍崇拜可以激励人心，凝聚力量，建立起真正的唯一秩序，即生命的秩序。虽然一棵树的枝丫和根须不同，但也是合乎秩序的。

我认为个别崇拜只会导致死亡，因为它把秩序建立在相似之处上。它将本质的一致与部分的特性混为一谈。将石头排成一行建不了教堂。谁企图将一种习俗强加给另一种习俗，谁将个别国民强加给其他国民，谁将个别民族强加给其他民族，谁将个别思想强加给其他思想，我都会与之斗争。

我相信人高于一切的原则能够建立唯一有意义的平等和自由。我相信人赋予个体平等的权力。我相信自由让人不断成长。平等并不等于相同，而自由并不是鼓励人反对人，谁要是企图让人的自由屈服于个人或一群人，我会与之斗争。

我相信我的文明将牺牲称为慈善是为了确立人的统治。慈善是赠与人的礼物，是人的基础。我将与任何企图否定人，将个人囚禁在永远平庸中的人战斗。

我会为人而战斗，打败敌人，也打败自己。

第二十八章

我回到战友们的身边。虽然第三十三团第二大队都昏昏欲睡，但我们还是要在午夜集合，接受新的命令。炉中的火焰都燃烧殆尽，大家表面上还在强撑着，但这只是一个幻觉。奥士德愁眉苦脸地四处询问计时器的下落；佩尼格待在角落里，靠着墙闭上了眼睛；加瓦尔坐在桌子上，眼神空洞，晃荡着两条腿，撅着嘴，就像一个欲哭的孩子；阿赞布尔摇头晃脑地读书。只有指挥官一个人精神抖擞，只是脸色惨白。他拿着几份文件，在灯光下小声和热勒商量。“商量”这个词言过其实了，其实只有指挥官在说话，热勒只是边点头边重复道：“是的，当然。”他紧跟着指挥官的命令机械式地回答，就像一个溺水者抱着施救者的颈脖不松手。

我要是阿里亚，会用平常的语气对他说："热勒上尉……天一亮您就要被枪毙了……"我倒要看看他如何作答。

大队三天都没有睡觉，硬挺着。

指挥官站起身，走向拉克尔戴尔，把他从睡梦中叫醒了：

"拉克尔戴尔……天一亮您就出发，执行任务。"

"是，长官。"

"您应该再去睡一会儿……"

"是，长官。"

拉克尔戴尔又坐下。指挥官离开了，身后跟着热勒，像钓竿上拖着一条死鱼。热勒肯定有三天，不，有一周没睡觉了，阿里亚也是，他不仅要指挥作战，还要对整个大队负责。人的承受能力是有限的，热勒已经透支了。但是他们俩——一个施救者和一个溺水者——仍然追逐着虚无缥缈的命令。

维赞是站着就能睡着的人，他疑虑重重地走到我身边：

“你睡啦？”

“我……”

我靠着椅背睡着了，但维赞的声音一直在折磨我：

“这样下去不行的！”

“这样下去不行的……空中拦截……不会有好结果的……”

“你睡着了？”

“我……没有……什么不会有好结果？”

“战争。”

这可是头一回听说！我又陷入了梦乡，迷迷糊糊地回答：

“……什么战争？”

“什么‘什么战争’！”

这谈话说不下去了。啊！宝拉，如果由蒂罗尔人掌管空军部队的话，第三十三团第二大队早就上床多时了！

指挥官一阵风似的推开了门：

“上级决定撤离。”

热勒站在他背后，看起来很清醒。他把“是的，当然”留到明天再说。今夜他还有许多苦活要做，他也不知道自己的这句口头禅还能说多久。

我们都站了起来，说：“啊……好的……”，我们还能说什么呢？

我们无话可说。我们要确保撤离任务顺利完成，只有拉克尔戴尔一人要等到清晨，去执行他的任务。如果他还能回来，会直接飞往新基地集合。

明天，我们也没什么可说的。明天，在见证者看来，我们是失败者。失败者只能保持沉默，像种子一样。

附录：圣－埃克苏佩里的飞行历险与文学创作人生

1900年

6月29日，安东尼·德·圣－埃克苏佩里出生在法国里昂的一个贵族家庭。很小的时候就表现出了过人的文学天赋，六岁便开始写诗。

1915年

圣－埃克苏佩里被送到瑞士弗里堡的玛丽安学院读书，此时正是第一次世界大战期间。

1919年

在海军军官预科学校两次期末考试不合格后，圣－埃克苏佩里进入国家美术学院做旁听生。

1921年

加入轻骑兵第二团，调往斯特拉斯堡附近的诺伊霍夫，开始了他的军旅生涯。在这期间，他自费学习了飞行课程，并于第二年被调到法国空军。

1922年

被调到卡萨布兰卡的第 37 战斗团后，他成为一名正式的飞行员。后来，他又被调到巴黎近郊布尔热的第 34 航空团，在那里经历了人生中的第一次飞机失事。此后，由于家人的反对，他离开了空军。

1926年

圣－埃克苏佩里重返飞行员行列，成为国际邮政飞行员的飞行先驱之一，执飞图卢兹与达喀尔之间的邮政航线，期间他利用空闲时间创作了短篇小说《飞行员》，发表在短命的文学期刊《银船》上。后来，他被任命为朱比角（在今摩洛哥境内）中途站的站长，在此期间，他撰写了新作《南线邮航》，此书于 1929 年出版，是圣－埃克苏佩里的第一部长篇小说。

1929年

圣－埃克苏佩里与梅尔莫兹、吉约梅等一起被派往南美洲，负责开拓新航线。

1930年

因担任朱比角中途站站长期间成绩突出，荣获法国荣誉团骑士称号。同时，开始创作《夜间飞行》。

1931年

这一年，他的新作《夜间飞行》出版，并获得当年的费米娜文学奖，这是他第一部获得广泛赞誉的作品。同年，他与著名作家戈梅·卡利罗的遗孀康苏艾萝结婚。

1934年

将《南线邮航》改写成电影剧本。跟随摄制组到摩洛哥拍摄外景，在拍摄空中镜头时亲自充当“替身演员”。

1935年

12 月，为了赢取十五万法郎的奖金，他和机械师安德烈·普雷沃参加了巴黎至西贡的飞行比赛。在飞行不到二十小时的时候，飞机发生故障，坠毁在撒哈拉沙漠，两人奇迹般地从坠机事件中活了下来。

1939年

第三部长篇小说《人的大地》出版。原版获得了法兰西学院小说大奖，英译本《风沙星辰》获美国国家图书奖。

1940年

德国入侵法国，法国很快溃败，与德国签署了停战协议。之后圣－埃克苏佩里前往美国，呼吁美国政府尽早参战。

1941–1943 年

圣－埃克苏佩里在美国和加拿大完成了生前最后三部作品《空军飞行员》《给人质的信》和《小王子》的创作。

1943年

圣－埃克苏佩里离开美国，前往北非战场，再次成为一名空军飞行员。

1944年

7 月 31 日从科西嘉岛起飞执行第九次空中侦察任务，一去不复返。